人间一趟，我想和你看看月亮

徐志摩 萧红 等著

光明日报出版社

图书在版编目（CIP）数据

人间一趟，我想和你看看月亮 / 徐志摩等著. -- 北京 : 光明日报出版社, 2024.1
ISBN 978-7-5194-7736-3

Ⅰ.①人… Ⅱ.①徐… Ⅲ.①散文集－中国－当代②散文集－中国－现代 Ⅳ.①I266

中国国家版本馆CIP数据核字(2024)第004034号

人间一趟，我想和你看看月亮
renjian yi tang, wo xiang he ni kankan yueliang

著　　者：	徐志摩　萧　红　等		
责任编辑：	郭玫君	策　划：	崔付建　秦国娟　朱　莹
封面设计：	鸿儒文轩·末末美书	责任校对：	房　蓉
责任印制：	曹　诤		

出版发行：光明日报出版社
地　　址：北京市西城区永安路106号，100050
电　　话：010-63169890（咨询），010-63131930（邮购）
传　　真：010-63131930
网　　址：http://book.gmw.cn
E - mail：gmrbcbs@gmw.cn
法律顾问：北京市兰台律师事务所龚柳方律师
印　　刷：三河市华东印刷有限公司
装　　订：三河市华东印刷有限公司
本书如有破损、缺页、装订错误，请与本社联系调换，电话：010-67019571
开　　本：145mm×210mm　　　印　张：8.25
字　　数：140千字
版　　次：2024年1月第1版
印　　次：2024年1月第1次印刷
书　　号：ISBN 978-7-5194-7736-3
定　　价：50.00元

版权所有　翻印必究

目 录

一 情不知所起，一往而深

初 恋	周作人	002
娱 园	周作人	005
无 题（因为没有故事）	老 舍	010
水样的春愁	郁达夫	014
不速之客	郑振铎	023
你为什么不来	许地山	029
小曼日记（节选）	陆小曼	032

二 唯有你，我希望有来生

哭　摩	陆小曼	… 042
她走了	梁遇春	… 051
给亡妇	朱自清	… 055
墓畔哀歌	石评梅	… 062
将这个献给我的妻房	罗黑芷	… 069
花　床	缪崇群	… 077

三 相思染墨，纸短情长

两地书（节选）	鲁 迅 许广平	082
爱眉小札·书信（节选）	徐志摩	121
致萧军（节选）	萧 红	155
云鸥情书（节选）	庐 隐	178
海外寄霓君（节选）	朱 湘	190

四 爱的解析

无情的多情和多情的无情	梁遇春	… 216
恋爱不是游戏	庐　隐	… 222
析"爱"	俞平伯	… 224
闲　话	老　舍	… 236
女　人	朱自清	… 242
不要组织家庭 　　——贺竹英、静之同居	章衣萍	… 250

一

情不知所起，一往而深

初　恋

周作人

　　那时我十四岁，她大约是十三岁罢。我跟着祖父的妾宋姨太太寄寓在杭州的花牌楼，间壁住着一家姚姓，她便是那家的女儿。

　　伊本姓杨，住在清波门头，大约因为行三，人家都称她作三姑娘。姚家老夫妇没有子女，便认她做干女儿，一个月里有二十多天住在他们家里，宋姨太太和远邻的羊肉店石家的媳妇虽然很说得来，与姚宅的老妇却感情很坏，彼此都不交口，但是三姑娘并不管这些事，仍旧推进门来游嬉。她大抵先到楼上去，同宋姨太太搭讪一回，随后走下楼来，站在我同仆人阮升公用的一张板桌旁边，抱着名叫"三花"的一只大猫，看我映写陆润痒的木刻的字帖。

我不曾和她谈过一句话，也不曾仔细地看过她的面貌与姿态。大约我在那时已经很是近视，但是还有一层缘故，虽然非意识的对于她很是感到亲近，一面却似乎为她的光辉所掩，开不起眼来去端详她了。在此刻回想起来，仿佛是一个尖面庞，乌眼睛，瘦小身材，而且有尖小的脚的少女，并没有什么殊胜的地方，但在我的性的生活里总是第一个人，使我于自己以外感到对于别人的爱着，引起我没有明了的性的概念的对于异性的恋慕的第一个人了。

我在那时候当然是"丑小鸭"，自己也是知道的，但是终不以此而减灭我的热情。每逢她抱着猫来看我写字，我便不自觉的振作起来，用了平常所无的努力去映写，感着一种无所希求迷蒙的喜乐。并不问她是否爱我，或者也还不知道自己是爱着她，总之对于她的存在感到亲近喜悦，并且愿为她有所尽力，这是当时实在的心情，也是她所给我的赐物了。在她是怎样不能知道，自己的情绪大约只是淡淡的一种恋慕，始终没有想到男女夫妇的问题。有一天晚上，宋姨太太忽然又发表对于姚姓的憎恨，末了说道："阿三那小东西，也不是好东西，将来总要流落到拱辰桥去做婊子的。"

我不很明白做婊子这些是什么事情，但当时听了心里想道："她如果真是流落做了婊子，我必定去救她出来。"

大半年的光阴这样的消费过去了。到了七八月里因为母亲生病，我便离开杭州回家去了。

一个月以后，阮升告假回去，顺便到我家里，说起花牌楼的事情，说道："杨家的三姑娘患霍乱死了。"

我那时也很觉得不快，想象她的悲惨的死相，但同时却又似乎很是安静，仿佛心里有一块大石头已经放下了。

十年九月。

娱　园

周作人

有三处地方，在我都是可以怀念的——因为恋爱的缘故。第一是《初恋》里说过了的杭州，其二是故乡城外的娱园。

娱园是"皋社"诗人秦秋渔的别业，但是连在住宅的后面，所以平常只称作花园。这个园据王眉叔的《娱园记》说，是"在水石庄，枕碧湖，带平林，广约顷许。曲构云缭，疏筑花幙。竹高出墙，树古当户。离离蔚蔚，号为胜区"。园筑于咸丰丁巳（一八五七年），我初到那里是在光绪甲午，已在四十年后，遍地都长了荒草，不能想见当时"秋夜联吟"的风趣了。园的左偏有一处名叫潭水山房,记中称它"方池湛然,帘户静镜,花水孕縠,笋石饾蓝"的便是。《娱园诗存》卷三中有诸人题词,樊樊山的《望江南》云:

冰縠静,山里钓人居。花覆书床偎瘦鹤,波摇琴幌散文鱼:水竹夜窗虚。

陶子缜的一首云:

澄潭莹,明瑟敞幽房。茶火瓶笙山蛎洞,柳丝泉筑水凫床:古帧写秋光。

这些文字的费解虽然不亚于公府所常发表的骈体电文,但因此总可约略想见它的幽雅了。我们所见只是废墟,但也觉得非常有趣,儿童的感觉原自要比大人新鲜,而且在故乡少有这样游乐之地,也是一个原因。

娱园主人是我的舅父的丈人,舅父晚年寓居秦氏的西厢,所以我们常有游娱园的机会。秦氏的西邻是沈姓,大约因为风水的关系，大门是偏向的，近地都称作"歪摆台门"。据说是明人沈青霞的嫡裔，但是也已很是衰颓，我们曾经去拜访它的主人，乃是一个二十岁左右的青年，跛着一足，在厅房聚集了七八个学童，教他们读《千家诗》。娱园主人的儿子那时是秦氏的家主，却因吸烟终日高卧。我们到傍晚去找他，请他画家传的梅花。可惜他现在早已死去了。

忘记了是哪一年，不过总是庚子以前的事罢。那时舅父的独子娶亲（神安他们的魂魄，因为夫妇不久都去世了），中表都聚在一处，凡男的十四人，女的七人。其中有一个人和我是同年同月生的，我称她为姊，她也称我为兄。我本是一只"丑小鸭"，没有一个人注意的，所以我隐秘的怀抱着的对于她的情意，当然只是单面的，而且我知道她自小许给人家了，不容再有非分之想，但总感着固执的牵引。此刻想起来，倒似乎颇有中古诗人（Troubadour）的余风了。当时我们住在留鹤盦里，她们住在楼上。白天里她们不在房里的时候，我们几个较为年少的人便"乘虚内犯"走上楼去掠夺东西吃。有一次大家在楼上跳闹，我仿佛无意似的拿起她的一件雪青纺绸衫穿了跳舞起来，她的一个兄弟也一同闹着，不曾看出什么破绽来，是我很得意的一件事。后来读木下杢太郎的《食后之歌》，看到一首《绛绢里》，不禁又引起我的感触。

  到奁上去取笔去，
  钻过晾着的冬衣底下，
  触着了女衫的袖子。
  说不出的心里的扰乱，
  "呀"的缩头下来：
  南无，神佛也未必见罪罢，
  因为这已是故人的遗物了。

  在南京的时代，虽然在日记上写了许多感伤的话（随后又都剪去，所以现在记不起它的内容了），但是始终没有想及婚嫁的关系。在外边飘流了十二年之后，回到故乡，我们有了儿女，她也早已出嫁，而且抱着痼疾，已经与死当面立着了。以后相见了几回，我又复出门，她不久就平安过去。至今她只有一张早年的照相在母亲那里，因她后来自己说是母亲的义女，虽然没有正式的仪节。

  自从舅父全家亡故之后，二十年没有再到娱园的机会，想比以前必更荒废了。但是它的影象总是隐约的留在我脑底，为我心中的焰（Fiammetta）的余光所映照着。

十二年三月。

无　题（因为没有故事）

老　舍

　　人是为明天活着的，因为记忆中有朝阳晓露。假若过去的早晨都似地狱那么黑暗丑恶，盼明天干吗呢？是的，记忆中也有痛苦危险，可是希望会把过去的恐怖裹上一层糖衣，像看着一出悲剧似的，苦中有些甜美。无论怎么说吧，过去的一切都不可移动，实在，所以可靠；明天的渺茫全仗昨天的实在撑持着，新梦是旧事的拆洗缝补。

　　对了，我记得她的眼。她死了许多年了，她的眼还活着，在我的心里。这对眼睛替我看守着爱情。当我忙得忘了许多事，甚至于忘了她，这两只眼会忽然在一朵云中，或一汪水里，或一瓣花上，或一线光中，轻轻的一闪，像归燕的翅儿，只须一闪，我便感到无限的春光。我立刻就回到那梦境中，哪一件小事都凄凉，甜美，如同独自在春月下踏着落花。

这双眼所引起的一点爱火，只是极纯的一个小火苗，像心中的一点晚霞，晚霞的结晶。它可以烧明了流水远山，照明了春花秋叶，给海浪一些金光，可是它恰好的也能在我心中，照明了我的泪珠。

它们只有两个神情：一个是凝视，极短极快，可是千真万确的是凝视。只微微的一看，就看到我的灵魂，把一切都无声地告诉了给我。凝视，一点也不错，我知道她只须极短极快地一看，看的动作过去了，极快地过去了，可是，她心里看着我呢，不定看多么久呢；我到底得管这叫作凝视，不论它是多么快，多么短。一切的诗文都用不着，这一眼道尽了"爱"所会说的与所会作的。另一个是眼珠横着一移动，由微笑移动到微笑里去，在处女的尊严中笑出一点点被爱逗出的轻佻，由热情中笑出一点点无法抑止的高兴。

我没和她说过一句话，没握过一次手，见面连点头都不点。可是我的一切，她知道；她的一切，我知道。我们用不着看彼此的服装，用不着打听彼此的身世，我们一眼看到一粒珍珠，藏在彼此的心里；这一点点便是我们的一切，那些七零八碎的东西都是配搭，都无须注意。看我一眼，她低着头轻快地走过去，把一点微笑留在她身后的空气中，像太阳落后还留下一些明霞。

我们彼此躲避着，同时彼此愿马上搂抱在一处。我们轻轻地哀叹；忽然遇见了，那么凝视一下，登时欢喜起来，身上像减了分量，每一步都走得轻快有力，像要跳起来的样子。

我们极愿意说一句话，可是我们很怕交谈，说什么呢？哪一个日常的俗字能道出我们的心事呢？让我们不开口，永不开口吧！我们的对视与微笑是永生的，是完全的，其余的一切都是破碎微弱，不值得一作的。

我们分离有许多年了，她还是那么秀美，那么多情，在我的心里。她将永远不老，永远只向我一个人微笑。在我的梦中，我常常看见她，一个甜美的梦是最真实，最纯洁，最完美的。多少人生中的小困苦小折磨使我丧气，使我轻看生命。可是，那个微笑与眼神忽然的从哪儿飞来，我想起唯有"人面桃花相映红"差可比拟的一点心情与境界，我忘了困苦，我不再丧气，我恢复了青春；无疑的，我在她的洁白的梦中，必定还是个美少年呀。

春在燕的翅上,把春光颤得更明了一些,同样,我的青春在她的眼里,永远使我的血温暖,像土中的一颗籽粒,永远想发出一个小小的绿芽。一粒小豆那么小的一点爱情,眼珠一移,嘴唇一动,日月都没有了作用,到无论什么时候,我们总是一对刚开开的春花。

不要再说什么,不要再说什么!我的烦恼也是香甜的呀,因为她那么看过我!

原载一九三七年六月十日《谈风》第十六期

水样的春愁

郁达夫

洋学堂里的特殊科目之一,自然是伊利哇啦的英文。现在回想起来,虽不免有点觉得好笑,但在当时,杂在各年长的同学当中,和他们一样地曲着背,耸着肩,摇摆着身体,用了读《古文辞类纂》的腔调,高声朗诵着皮衣啤,皮哀排的精神,却真是一点儿含糊苟且之处都没有的。初学会写字母之后,大家所急于想一试的,是自己的名字的外国写法;于是教英文的先生,在课余之暇就又多了一门专为学生拼英文名字的工作。有几位想走捷径的同学,并且还去问过先生,外国百家姓和外国三字经有没有得买的？先生笑着回答说，外国百家姓和三字经，就只有你们在读的那一本泼剌玛的时候，同学们于失望之余，反更是皮哀排、皮衣啤地叫得起劲。当然是不用说的，学英文还没有到一个礼拜，几本当教科书用的《十三经注疏》《御批通鉴辑览》的黄封面上，大家都各自用墨水笔题上了英文拼的歪斜的名字。又进一步，便是用了异样的发音，操英文说着"你是一只狗""我是你的父亲"之类的话，大家互讨便宜的混战；而实际上，有几位乡下的同学，却已经真的是两三个小孩子的父亲了。

　　因为一班之中，我的年龄算最小，所以自修室里，当监课的先生走后，另外的同学们在密语着哄笑着的关于男女的问题，我简直一点儿也感不到兴趣。从性知识发育落后的一点上说，我确不得不承认自己是一个最低能的人。又因自小就习于孤独，因于家境的结果，怕羞的心，畏缩的性，更使我的胆量，变得异常的小。在课堂上，坐在我左边的一位同学，年纪只比我大了一岁，他家里有几位相貌长得和他一样美的姊妹，并且住得也和学堂很近很近。因此，在校里，他就是被同学们苦缠得最厉害的一个；而礼拜天或假日，他的家里，就成了同学们的聚集的地方。当课余之暇，或放假期里，他原也恳切地邀过我几次，邀我上他家里去玩去；但形秽之感，终于把我的向往之心压住，曾有好几次想决心跟了他上他家去，可是到了他家的门口，却又同罪犯似的逃了。他以他的美貌，以他的财富和姊妹，不但在学堂里博得了绝大的声势，就是在我们那小小的县城里，也赢得了一般的好誉。而尤其使我羡慕的，是他的那一种对同我们是同年辈的异性们的周旋才略，当时我们县城里的几位相貌比较艳丽一点的女性，个个是和他要好的，但他也实在真胆大，真会取巧。

当时同我们是同年辈的女性，装饰入时，态度豁达，为大家所称道的，有三个。一个是一位在上海开店，富甲一邑的商人赵某的侄女；她住得和我最近。还有两个，也是比较富有的中产人家的女儿，在交通不便的当时，已经各跟了她们家里的亲戚，到杭州上海等地方去跑跑了；她们俩，却都是我那位同学的邻居。这三个女性的门前，当傍晚的时候，或月明的中夜，老有一个一个的黑影在徘徊；这些黑影的当中，有不少却是我们的同学。因为每到礼拜一的早晨，没有上课之先，我老听见有同学们在操场上笑说在一道，并且时时还高声地用着英文作了隐语，如"我看见她了！""我听见她在读书。"之类。而无论在什么地方于什么时候的凡关于这一类的谈话的中心人物，总是课堂上坐在我的右边，年龄只比我大一岁的那一位天之骄子。

赵家的那位少女，皮色实在细白不过，脸形是瓜子脸；更因为她家里有了几个钱，而又时常上上海她叔父那里去走动的缘故，衣服式样的新异，自然可以不必说，就是做衣服的材料之类，也都是当时未开通的我们所不曾见过的。她们家里，只有一位寡母和一个年轻的女仆，而住的房子却很大很大。门前是一排柳树，柳树下还杂种着些鲜花；对面的一带红墙，是学宫的泮水围墙，泮池上的大树，枝叶垂到了墙外，红绿便映成着一色。当浓春将过，首夏初来的春三、四月，脚踏着日光下石砌路上的树影，手捉着扑面飞舞的杨花，到这一条路上去走走，就是没有什么另外的奢望，也很有点像梦里的游行，更何况楼头窗里，时常会有那一张少女的粉脸出来向你抛一眼两眼的低眉斜视呢！

此外的两个女性，相貌更是完整，衣饰也尽够美丽，并且因为她俩的住址接近，出来总在一道，平时在家，也老在一处，所以胆子也大，认识的人也多。她们在二十余年前的当时，已经是开放得很，有点像现代的自由女子了，因而上她们家里去鬼混，或到她们门前去守望的青年，数目特别的多，种类也自然要杂。

我虽则胆量很小，性知识完全没有，并且也有点过分的矜持，以为成日地和女孩子们混在一道，是读书人的大耻，是没出息的行为；但到底还是一个亚当的后裔，喉头的苹果，怎么也吐它不出咽它不下，同北方厚雪地下的细草萌芽一样，到得冬来，自然也难免得有些望春之意；老实说将出来，我偶尔在路上遇见她们中间的无论哪一个，或凑巧在她们门前走过一次的时候，心里也着实有点儿难受。

住在我那同学邻近的两位，因为距离的关系，更因为她们的处世知识比我长进，人生经验比我老成得多，和我那位同学当然是早已有过纠葛，就是和许多不是学生的青年男子，也各已有了种种的风说，对于我虽像是一种含有毒法的妖艳的花，诱惑性或许格外的强烈，但明知我自己绝不是她们的对手，平时不过于遇见的时候有点难为情的样子，此外倒也没有什么了不得的思慕，可是那一位赵家的少女，却整整地恼乱了我两年的童心。

我和她的住处比较得近，故而三日两头，总有着见面的机会。见面的时候，她或许是无心，只同对于其他的同年辈的男孩子打招呼一样，对我微笑一下，点一点头，但在我却感到同犯了大罪被人发觉了的样子,和她见面一次,马上要变得头昏耳热,胸腔里的一颗心突突地总有半个钟头好跳。因此,我上学去或下课回来,以及平时在家或出外去的时候,总无时无刻不在留心,想避去和她的相见。但遇到了她,等她走过去后,或用功用得很疲乏把眼睛从书本子举起的一瞬间,心里又老在盼望,盼望着她能再来一次,再上我的眼面前来立着对我微笑一脸。

有时候从家中进出的人的口里传来,听说"她和她母亲又上上海去了,不知要什么时候回来?"我心里会同时感到一种像如释重负又像失去了什么似的忧虑,生怕她从此一去,将永久地不回来了。

同芭蕉叶似的重重包裹着的我这一颗无邪的心,不知在什么地方,透露了消息,终于被课堂上坐在我左边的那位同学看穿了。一个礼拜六的下午,落课之后,他轻轻地拉着我的手对我说:"今天下午,赵家的那个小丫头,要上倩儿家去,你愿不愿意和我同去一道玩儿?"这里所说的倩儿,就是那两位他邻居的女孩子之中的一个的名字。我听了他的这一句密语,立时就涨红了脸,喘急了气,嗫嚅着说不出一句话来回答他,尽在拼命地摇头,表示我不愿意去,同时眼睛里也水汪汪地想哭出来的样子；而他却似乎已经看破了我的隐衷，得着了我的同意似的用强力把我拖出了校门。

到了倩儿她们的门口，当然又是一番争执，但经他大声的一喊，门里的三个女孩，却同时笑着跑出来了；已经到了她们的面前，我也没有什么别的办法了，自然只好俯着首，红着脸，同被绑赴刑场的死刑囚似的跟她们到了室内。经我那位同学带了滑稽的声调将如何把我拖来的情节说了一遍之后，她们接着就是一阵大笑。我心里有点气起来了，以为她们和他在侮辱我，所以于羞愧之上，又加了一层怒意。但是奇怪得很，两只脚却软落来了，心里虽在想一溜跑走，而腿神经终于不听命令。跟她们再到客房里去坐下，看他们四人捏起了骨牌，我连想跑的心思也早已忘掉，坐将在我那位同学的背后，眼睛虽则时时在注视着牌，但间或得着机会，也着实向她们的脸部偷看了许多次数。等她们的输赢赌完，一餐东道的夜饭吃过，我也居然和她们伴熟，有说有笑了。临走的时候，倩儿的母亲还派了我一个差使，点上灯笼，要我把赵家的女孩送回家去。自从这一回后，我也居然入了我那同学的伙，不时上赵家和另外的两女孩家去进出了；可是生来胆小，又加以毕业考试的将次到来，我的和她们的来往，终没有像我那位同学似的繁密。

正当我十四岁的那一年春天（一九〇九，宣统元年己酉），是旧历正月十三的晚上，学堂里于白天给予了我以毕业文凭及增生执照之后，就在大厅上摆起了五桌送别毕业生的酒宴。这一晚的月亮好得很，天气也温暖得像二三月的样子。满城的爆竹，是在庆祝新年的上灯佳节，我于喝了几杯酒后，心里也感到了一种不能抑制的欢欣。出了校门，踏着月亮，我的双脚，便自然而然地走向了赵家。她们的女仆陪她母亲上街去买蜡烛水果等过元宵的物品去了，推门进去，我只见她一个人拖着一条长长的辫子，坐在大厅上的桌子边上洋灯底下练习写字。听见了我的脚步声音，她头也不朝转来，只曼声地问了一声"是谁？"我故意屏着声，提着脚，轻轻地走上了她的背后，一使劲一口就把她面前的那盏洋灯吹灭了。月光如潮水似的浸满了这一座朝南的大厅，她于一声高叫之后，马上就把头朝我转来。我在月光里看见了她那张大理石似的嫩脸，和黑水晶似的眼睛，觉得怎么也熬忍不住了，顺势就伸出了两只手去，捏住了她的手臂。两人的中间，她也不发一语，我也并无一言，她是扭转了身坐着，我是向她立着的。她只微笑着看看我看看月亮，我也只微笑着看看她看看中庭的空处，虽然此外的动作，轻薄的邪念，明显的表示，一点儿也没有，但不晓怎样一般满足,深沉,陶醉的感觉,竟同四周的月光一样,包满了我的全身。

两人这样的在月光里沉默着相对,不知过了多久,终于她轻轻地开始说话了:"今晚上你在喝酒?""是的,是在学堂里喝的。"到这里我才放开了两手,向她边上的一张椅子里坐了下去。"明天你就要上杭州去考中学去么?"停了一会,她又轻轻地问了一声。"嗳,是的,明朝坐快班船去。"两人又沉默着,不知坐了几多时候,忽听见门外头她母亲和女仆说话的声音渐渐儿的近了,她于是就忙着立起来擦洋火,点上了洋灯。

她母亲进到了厅上,放下了买来的物品,先向我说了些道贺的话,我也告诉了她,明天将离开故乡到杭州去;谈不上半点钟的闲话,我就匆匆告辞出来了。在柳树影里披了月光走回家来,我一边回味着刚才在月光里和她两人相对时的沉醉似的恍惚,一边在心的底里,忽儿又感到了一点极淡极淡,同水一样的春愁。

一月五日

原载一九三五年一月二十日《人间世》半月刊第二十期

不速之客

郑振铎

这里离上海虽然不过一天的路程,但我们却以为上海是远了,很远了。每日不再听见隆隆的机器声,不再有一堆一堆的稿子待阅,不再有一束一束来往的信件。这里有的是白云,是竹林,是青山,如果整日地靠在红栏杆上,看看山,看看田野,看看书,那么,便可以完全与外面的世界隔绝。偶然地听着鸟声叽咯叽咯的啭着,或一只两只小鸟,如疾矢似的飞过槛外,或三五丛蝉声漫长地和唱着,却更足以显出山中的静谧与心中的静谧来。

然而我们每天却有两次或三次是要与上海及外面世界接触的：一次便是早晨八时左右邮差的降临，那是照例总有几封信及一束日报递来的。如果今天邮差迟了一点来，或没有信件，我们心里便有些不安逸。

"我有信没有？"一见绿衣人的急步噔噔噔地上了楼，便这样的问；有时在路上遇见了，那时时间是更早，也便以这同样的问题问他。

他跑得满头是汗，从邮袋中取了信件日报出来，便又匆匆地转身下楼了。我到了山中不到三天，已与这个邮差熟悉。因为每次送这一带地方邮件的总是他。据他说，今年上山的人不到三百。因为熟悉了，在中途向他要信时，他当然不会不给的。

再一次是下午五时左右：那时带了外面的消息来的，又是邮差，且又是同样的那个邮差，不过这一次是靠不住的，有时来，有时不来。

最后一次是夜间九、十时左右，那时是上海或杭州的旅客由山下坐了轿子来的时候。因为滴翠轩的一部分是旅馆，所以常常有旅客来。我的房间隔壁，有两间空房，后面也有一间，这几个房间的住客是常常更换的。有时是官僚，有时是军人，有时是教育家，有时是学生——我还曾在茶房扫除房间时，见到一封住客弃掉的诉说大学生活的苦闷的信——有时是商人，有时是单身，有时是带了女眷。虽然我是不大同他们攀谈的，但见了他们的各式各样的脸，各式各样的举动，也颇有趣。不过他们来时，往往我们已经睡了。第二天一清晨，便听见老妈子们纷纷传说来的是什么样的人。有时，座谈得迟了，便也看见他们上山。大约每一两夜总有一批人来。一见轿夫挑夫的喧语，呼唤茶房的声音，楼梯上杂乱匆促的足步声，便知山客是又多了几个了。有时，坐在廊前，也看见对山有灯火荧荧的移动。老妈子们便道："又有人上山了。"刘妈道："一个，两个，还有一个，妈妈呀，轿子多着呢！今天来的人真不少呀！"这些人当然不是到滴翠轩来的，因为到滴翠轩是走老路近，而对山却是新路，轿夫们向来不走的。走新路的，都是到岭上各处别墅上去的。

第一次和第二次的外面消息，是我们所最盼望的，因为带来的是与我们有关的消息。尤其热忱地候着的是我。因为，箴没有和我同来，我几次写信去，总催她快些上山来。上海太热，是其一因，还有……

别离，那真不是轻易说的。如果你偶然孤身做客在外，如果你不是怕见你那母夜叉似的妻，如果你没有在外眷恋了别一个女郎，你必定会时时地想思到家中的她，必定会有一种说不出的离情别绪萦挂在心头的，必定会时时地因事，因了极小极小的事，而感到一种思乡或思家之情怀的。那是每个人都是这个样子的，毋庸其讳言。即使你和她向来并不怎么和睦，常常要口角几声，隔了几天，且要大闹一次的，然而到了别离之后，你却在心头翻腾着对于她的好感。别离使你忘了她的坏处，而只想到了她，特别是她的好处。也许你们一见面，仍然再要口角，再要拍桌子，摔东西的大闹，然而这时却有一根极坚固极大的无形的情线把你和她牵住，要使你们互相接近。你到了快归家时，你心里必定是"归心如箭"；你到了有机会时，必定要立刻地接了她出来同住。有几个朋友，在外面当教员的，一到暑假，经过上海回家时，必定是极匆忙地回去，多留一天也不肯。"他是急于要想和他夫人见面呢。"大家都嘲笑似的谈着。那不必笑，换了你，也是要如此的。

这也毋庸讳言，我在这里，当然的，时时要想念到她。我写了好几封信给她，邀她来。"如果路上没有伴，可叫江妈同来。"但她回了信，都说不能来。我们大约每天总有一封信来往，有时有两封信，然而写了信，读了信，却更引起了离别之感。偶然她有一天没有信来，那当然是要整天的不安逸的。

"铎，你不在，我怎么都不舒服，常常地无端生气，还哭了几次呢。你什么时候才能回来呢？"这是她在我走了第二日写来的信。

凄然的离情，弥漫了全个心头，眼眶中似乎有些潮润，良久，良久，还觉得不大舒适。

听心南先生说，有两位女同事写信告诉他，要到山上来住。那是很好的机会，可以与箴结伴同行的。我兴冲冲地写了信去约她。但她们却终于没有成行，当然她也不来了。我每天匆匆地工作着，预备早几天把要做的工做完。她既不能来，还是我早些回去吧。

有一次，我写信叫她寄了些我爱吃的东西来。她回信道："明后天有两位你所想不到的人上山来，我当把那些东西托他们带上。"

这两位我所想不到的人是谁呢？执了信沉吟了许久，还猜不出。也许是那两位女同事也要来了吧？也许是别的亲友们吧？我也曾写信去约圣陶、予同他们来游玩几天，也许会是他们吧？

一天过去了，两天过去了，这两位还没有到，我几乎要淡忘了这事。

第三夜，十点钟的左右，我已经脱了衣，躺在床上看书。倦意渐渐迫上眼睫，正要吹灭了油灯，楼梯上突然有一阵匆促的杂乱的足步声。这足步到了房门口，停止了。是茶房的声音叫道：

"郑先生睡了没有？楼下有两位女客要找你。"

"是找我么？"

"她说是要找你。"

我心头扑扑地跳着。女客？那两位女同事竟来了么？匆匆地穿上了睡衣，黑漆漆地摸到楼梯边，却看不出站在门外的是谁。

"铎，你想得到是我来了么？"这是箴的声音，她由轿夫执的灯笼光中先看见了我，"是江妈伴了我来的。"

这真是一位完全想不到的不速之客！

在山中，我的情绪没有比这一时更激动得厉害的了。

一九二六年十一月二十八日

你为什么不来

许地山

在夭桃开透、浓阴欲成的时候,谁不想伴着他心爱的人出去游逛游逛呢?在密云不飞、急雨如注的时候,谁不愿在深闺中等她心爱的人前来细谈呢?

她闷坐在一张睡椅上,紊乱的心思像窗外的雨点——东抛,西织,来回无定。在有意无意之间,又顺手拿起一把九连环慵懒懒地解着。

丫头进来说:"小姐,茶点都预备好了。"

她手里还是慵懒懒地解着,口里却发出似答非答的声:"他为什么还不来?"

除窗外的雨声,和她手中轻微的银环声以外,屋里可算静极了!在这幽静的屋里,忽然从窗外伴着雨声送来几句优美的歌曲:

你放声哭,

因为我把林中善鸣的鸟笼住么?

你飞不动,

因为我把空中的雁射杀么?

你不敢进我的门,

因为我家养狗提防客人么?

因为我家养猫捕鼠,

你就不来么?

因为我的灯火没有笼罩,

烧死许多美丽的昆虫,

你就不来么?

你不肯来,

因为我有……

"有什么呢?"她听到末了这句,那紊乱的心就发出这样的问。她心中接着想：因为我约你，所以你不肯来；还是因为大雨，使你不能来呢？

小曼日记（节选）

陆小曼

三月二十二

昨天才写完一信，T.来了，谈了半天。他倒是个很好的朋友，他说他那天在车站看见我的脸吓一跳，苍白得好像死去一般，他知道我那时的心一定难过到极点了。他还说外边谣言极多，有人说我要离婚了，又有人说摩一定是不真爱我，若是真爱决不肯丢我远去的。真可笑，外头人不知道为什么都跟我有缘似的，无论男女都爱将我当一个谈话的好材料，没有可说也得想法造点出来说，真奇怪了。T.也说现在是个很好的脱离机会，可是娘呢？咳，我的娘呀！你可害苦了我啦，我一生的幸福恐怕要为你牺牲了！

摩，为你我还是拼命干一下的好，我要往前走，不管前面有几多的荆棘，我一定直着脖子走，非到筋疲力尽我决不回头的。因为你是真正地认识了我，你不但认识我表面，你还认清了我的内心，我本来老是自恨为什么没有人认识我，为什么人家全拿我当一个只会玩只会穿的女子，可是我虽恨，我并不怪人家，本来人们只看外表，谁又能真生一双妙眼来看透人的内心呢？受着的评论都是自己去换得来的，在这个黑暗的世界有几个是肯拿真性灵透露出来的？像我自己，还不是一样成天埋没了本性以假对人的么？只有你，摩！第一个人能从一切的假言假笑中看透我的正心，认识我的苦痛，叫我怎能不从此收起以往的假而真正地给你一片真呢！我自从认识了你，我就有改变生活的决心，为你我一定认真地做人了。

因为昨晚一宵苦思，今晨又觉满身酸痛，不过我快乐，我得着了一个全静的夜。本来我就最爱清静的夜，静悄悄只有我一个人，只有滴答的钟声做我的良伴，让我爱做什么就做什么，不论坐着、睡着、看书，都是安静的，再无聊时耽着想想,做不到的事情,得不着的快乐,只要能闭着眼像电影似的一幕幕在眼前飞过也是快乐的,至少也能得着片刻的安慰。昨晚我想你,想你现在一定已经看得见西伯利亚的白雪了,不过你眼前虽有不容易看得到的美景,可是你身旁没有了陪伴你的我,你一定也同我现在般感觉着寂寞,心内叫着痛苦的吧!我从前常听人言生离死别是人生最难忍受的事情。我老是笑着说人痴情,谁知今天轮到了我身上,才知道人家的话不是虚的,全是从痛苦中得来的实言,我今天才身受着这种说不出叫不明的痛苦,生离已经够受的了,死别的味儿想必更不堪设想吧。

　　回家去陪娘去看病,在车中我又探了探她的口气,我说照这样的日子再往下过,我怕我的身体上要担受不起了。她反倒说我自寻烦恼,自找痛苦,好好的日子不过,一天到晚只是去模仿外国小说上的行为,讲爱情,说什么精神上痛苦不痛苦,那些无味的话有什么道理。本来她在四十多年前就生出来了,我才生了廿多年,廿年内的变化与进步是不可计算的,我们的思想当然不能符合了。她们看来夫荣子贵是女子的莫大幸福,个人的喜、乐、哀、怒是不成问题的,所以也难怪她不能明了我的苦楚。本来人在幼年时灌进脑子里的知识与教育是永不会迁移的,何况是这种封建思想与礼教观念,更不容易使她忘记。所以从前多少女子，为了怕人骂，怕人背后批评，甘愿自己牺牲自己的快乐与身体，怨死闺中，要不然就是终身得了不死不活的病，呻吟到死。这一类的可怜女子，我敢说十个里面有九个是自己明知故犯的，她们可怜，至死还不明白是什么害了她们。摩！我今天很运气能够遇着你，在我不认识你以前，我的思想，我的观念，也同她们一样，我也是一样的没有勇气，一样的预备就此糊里糊涂地一天天往下过，不问什么快乐什么痛苦，就此埋没了本性过它一辈子完事的。自从见着你，我才像乌云里见了青天，我才知道自埋自身是不应该的，做人为什么不轰轰烈烈地做一番呢？我愿意从此跟你往高处飞，往明处走，永远再不自暴自弃了。

五月十一

这一回去得真不冤，说不尽的好，等我一件件地来告诉你。我们这几天虽然没有亲近，可是没有一天我不想你的，在山中每天晚上想写，只可恨没有将你带去，其实带去也不妨，她们都是老早上了床，只有我一个睡不着呆坐着，若是带了你去不是我可以照样每天亲近你吗？我的日记呀，今天我拿起你来心里不知有多少欢喜，恨不能将我要说的话像机器似的倒出来，急得我反不知从哪里说起了。

那天我们一群人到了西山脚下改坐轿子上大觉寺，一连十几个轿子一条蛇似的游着上去，山路很难走，坐在轿上滚来滚去像坐在海船上遇着大风一样地摇摆，我是平生第一次坐，差一点滚了出来。走了三里多路快到寺前，只见一片片的白山，白得好像才下过雪一般，山石树木一样都看不清，从山脚一直到山顶满都是白，我心里奇怪极了。这分明是暖和的春天，身上还穿着夹衣，微风一阵阵吹着入夏的暖气，为什么眼前会有雪山涌出呢？打不破这个疑团我只得回头问那抬轿的轿夫："唉！你们这儿山上的雪，怎么到现在还不化呢？"那轿夫跑得面头流着汗，听了我的话他们也好像奇怪似的一面擦汗一面问我："大姑娘，您说什么？今年的冬天比哪年都热，山上压根儿就没有下过雪，您哪儿瞧见有雪呀？"他们一边说着便四下里去乱寻，脸上都现出了惊奇的样子。那时我真急了，不由得就叫着说："你们看那边满山雪白的不是雪是什么？"我话还没有说完，他们倒都狂笑起来了。"真是城里姑娘不出门！连杏花儿都不认识，倒说是雪，您想五六月里哪儿来的雪呢？"什么？杏花儿！我简直叫他们给笑呆了。顾不得他们笑，我只乐得恨不能跳出轿子一口气跑上山去看一个明白。天下真有这种奇景么？乐极了也忘记我的身子是坐在轿子里呢，伸长脖子直往前看，急得抬轿的人叫起来了："姑娘，快不要动呀，轿子要翻了。"一连几晃，几乎把我抛入小涧去。这一下才吓回了我的魂，只好老老实实地坐着再也不敢乱动了。

上山也没有路，大家只是一脚脚地从这块石头跳到那一块石头上，不要说轿夫不敢斜一斜眼睛，就是我们坐的人都连气都不敢喘，两只手使劲拉着轿杠儿，两只眼死盯着轿夫的两只脚，只怕他们一失脚滑下山涧去。那时候大家只顾着自己性命的出入，眼前不易得的美景连斜都不去斜一眼了。

走过一个石山顶才到了平地，一条又小又弯的路带着我们走进大觉寺的山脚下。两旁全是杏树林，一直到山顶，除了一条羊肠小路只容得一个人行走以外，简直满都是树。这时候正是五月里杏花盛开的时候，所以远看去简直像是一座雪山，走近来才看出一朵朵的花，坠得树枝都看不出了。

我们在树荫里慢慢地往上走，鼻子里微风吹来阵阵的花香，别有一种说不出的甜味。摩，我再也想不到人间还有这样美的地方，恐怕神仙住的地方也不过如此了。我那时乐得连路都不会走了，左一转右一转，四围不见别的，只是花。回头看见跟在后面的人,慢慢在那儿往上走,好像都在梦里似的,我自己也觉得我已经不是一个人了。这样的所在简直不配我们这样的浊物来,你看那一片雪白的花,白得一尘不染,哪有半点人间的污气?我一口气跑上了山顶,站上了一块最高的石峰,定一定神往下一看,呀,摩!你知道我看见了什么?咳,只恨我这支笔没有力量来描写那时我眼底所见的奇景!真美!从上往下斜着下去只看见一片白,对面山坡上照过来的斜阳,更使它无限的鲜丽,那时我恨不能将我的全身滚下去,到花间去打一个滚,可是又恐怕我压坏了粉嫩的花瓣儿。在山脚下又看见一片碧绿的草,几间茅屋,三两声狗吠声,一个田家的景象,满都现在我的眼前,荡漾着无限的温柔。这一忽儿我忘记了自己,丢掉了一切的烦恼,喘着一口大气,拼命地想将那鲜甜味儿吸进我的身体,洗去我五脏内的浊气,重新变一个人,我愿意丢弃一切,永远躲在这个地方,不要再去尘世间见人。真的,摩,那时我连你都忘了,一个人待在那儿不是他们叫我我还不醒呢!

一天的劳乏,到了晚上,大家都睡得正浓,我因为想着你不能安睡,窗外的明月又在纱窗上映着逗我,便一个人就走到了院子里去,只见一片白色,照得梧桐树的叶子在地下来回地飘动。这时候我也不怕朝露里受寒,也不管夜风吹得身上发抖,一直跑出了庙门,一群小雀儿让我吓得一起就林子里飞,我睁开眼睛一看,原来庙前就是一大片杏树林子。这时候我鼻子里闻着一阵芳香,不像玫瑰,不像白兰,只熏得我好像酒醉一般。慢慢的我不觉耽了下来,一条腿软得站都站不住了。晕沉沉的耳边送过来清呖呖的夜莺声,好似唱着歌,在嘲笑我孤单的形影。醉人的花香,轻含着鲜洁的清气,又阵阵地送进我的鼻管。忽隐忽现的月华,在云隙里探出头来从雪白的花瓣里偷看着我,也好像笑我为什么不带着爱人来。这恼人的春色,更引起我想你的真挚,逗得我阵阵心酸,不由得就睡在蔓草上闭着眼轻轻地叫着你的名字(你听见没有?)。我似梦非梦地睡了也不知有多久,心里只是想着你——忽然好像听得你那活泼的笑声,像珠子似的在我耳边滚"曼,我来",又觉得你那伟大的手,紧握着我的手往嘴边送,又好像你那顽皮的笑脸,偷偷地偎到我的颊边抢了一个吻去。这一下我吓得连气都不敢喘,难道你真回来了么?急急地睁眼一看,哪有你半点影子?身旁一无所有,再低头一看,原来才发现我自己的右手不知道在什么时候握住了我的左手,身上多了几朵落花,花瓣儿飘在我的颊边好似你来偷吻似的。真可笑!迷梦的幻影竟当了真!自己便不觉无味得很,站起来,只好拿花枝儿泄气,用力一拉,花瓣儿纷纷落地,打得我一身,林内的宿鸟以为起了狂风,一声叫就往四外里乱飞。一个美丽的宁静的月夜叫我一阵无味的恼怒给破坏了。我心里也再不要看眼前的美景,一边走一边想着你,为什么不留下你,为什么让你走。

二

唯有你，我希望有来生

哭　摩

陆小曼

　　我深信世界上怕没有可以描写得出我现在心中如何悲痛的一支笔。不要说我自己这支轻易也不能动的一支。可是除此我更无可以泄我满怀伤怨的心的机会了,我希望摩的灵魂也来帮我一帮。苍天给我这一霹雳直打得我满身麻木得连哭都哭不出,浑身只是一阵阵地麻木。几日的昏沉直到今天才醒过来,知道你是真的与我永别了。摩!漫说是你,就怕是苍天也不能知道我现在心中是如何地疼痛,如何地悲伤!从前听人说起"心痛",我老笑他们虚伪,我想人的心怎会觉得痛,这不过说说好听而已，谁知道我今天才真的尝着这一阵阵心中绞痛似的味儿了，你知道么？曾记得当初我只要稍有不适即有你声声在旁慰问，咳，如今我即使痛死也再没有你来低声下气的慰问了。摩，你是不是真的忍心永远的抛弃我了么？你从前不是说你我最后的呼吸也须要连在一起才不负你我相爱之情么？你为甚么不早些告诉你是要飞去呢？直到如今我还是不信你真的是飞了，我还是在这儿天天盼望着你回来陪我呢，你快点将未了的事情办一下，来同我一同去到云外去优游去吧，你不要一个人在外逍遥，忘记了闺中还有我等着呢！

这不是做梦么？生龙活虎似的你倒先我而去，留着一个病恹恹的我单独与这满是荆棘的前途来奋斗。志摩，这不是太惨了么？我还留恋些甚么？可是回头看看我那苍苍白发的老娘，我不由得一阵阵只是心酸，也不敢再羡你的清闲爱你的优游了，我再哪有这勇气，去看她这个垂死的人，而与你双双飞进这云天里去围绕着灿烂的明星跳跃，忘却人间有忧愁有痛苦，像只没有牵挂的梅花鸟。这类的清福怕我还没有缘去享受！我知道我在尘世间的罪还未满，尚有许多的痛苦与罪孽还等着我去忍受呢。我现在惟一的希望是你倘能在一个深沉的黑夜里，静静凄凄地放轻了脚步走到我枕边，给我些无声的私语，让我在梦魂中知道你！我的大大是回家来探望你那忘不了你的爱来了，那时间，我决不张皇！你不要慌，没有人会来惊扰我们的。多少你总得让我再见一见你那可爱的脸，我才有勇气往下过这寂寞的岁月。你来吧，摩！我在等着你呢。

事到如今我一点也不怨，怨谁好？恨谁好？你我五年的相聚只是幻影，不怪你忍心去，只怪我无福留，我是太薄命了，十年来受尽千般的精神痛苦，万样的心灵摧残，直将我这颗心打得破碎得不可收拾，到今天才真变了死灰的了，也再不会发出怎样的光彩了。好在人生刺激与柔情我也曾尝味，我也曾容忍过了。现在又受到了人生最可怕的死别。不死也不免是朵憔悴的花瓣，再见不着阳光晒也不见甘露漫了。从此我再不能知道世间有我的笑声了。

经过了许多的波折与艰难才达到了结合的日子，你我那时快乐直忘记了天有多高地有多厚，也忘记了世界上有忧愁二字，快活的日子过得与飞一般快，谁知道不久我们又走进忧城。病魔不断地来缠着我，它带着一切的烦恼，许多的痛苦，那时间我身体上受到不可言语的沉痛，你精神上也无端地沉入忧闷，我知道你见我病身呻吟，转侧床第，你心坎里有说不出的怜惜，满肠中有无限的伤感。你虽慰我，我却无从使你再有安逸的日子，摩，你为我荒废了你的诗意，失却了你的文兴，受着一般人的笑骂，我也只是在旁默然自恨，再没有法子使你像从前的欢笑。谁知你不顾一切地还是成天安慰我，叫我不要因为生些病就看得前途只是黑暗，有你永远在我身边不要再怕一切无谓的闲论。我就听着你静心平气的养，只盼着天可怜我们几年的奋斗，给我们一个安逸的将来。谁知道如今一切都是幻影，我们的梦再也不能实现了，早知有今日何必当初你用尽心血地将我抚养呢？让我前年病死了，不是痛快得多么？你常说天无绝人之路，守着好了，哪知天竟绝人如此，哪儿还有我可以平坦着走的道儿？这不是命么？还说甚么？摩，不是我到今天还在怨你，你爱我，你不该轻身，我为你坐飞机，吵闹不知几次，你还是忘了我的一切的叮咛，瞒着我独自地飞上天去了。

完了，完了，从此我再听不见你那叽咕小语了，我心里的悲痛你知道么？我的破碎的心留着等你来补呢，你知道么？唉，你的灵魂也有时归来见我么？那天晚上我在朦胧中见着你往我身边跑，只是那一霎眼就不见了，等我跳着、叫着你，再也不见一些模糊的影子了。咳，你叫我从此怎样度此孤单的日月呢？真是叫天天不应，叫地地不响，苍天如何给我这样残酷的刑罚呢！从此我再不信有天道，有人心，我恨这世界，我恨天，恨地，我一切都恨，我恨他们为甚么抢了我的你去，生生的将我们两颗碰在一起的心离了开去，从此叫我无处去摸我那一半热血未干的心。你看，我这一半还是不断流着鲜红的血，流得满身只成了个血人，这伤痕除了那一半的心血来补，还有甚么法子不叫她不滴滴地直流呢？痛死了有谁知道，终有一天流完了血自己就枯萎了。若是有时候你清风一阵的吹回来见着我成天为你滴血的一颗心，不知道又要如何的怜惜如何的张皇呢！我知道你又看直着两个小猫似眼珠儿乱叫乱叫着，我希望你叫高声些，让我好听得见，你知道我现在只是一阵阵糊涂，有时人家大声地叫着我，我还是东张西望不知道声音是何处来的呢。大大，若是我正在接近着梦边，你也不要怕扰了我梦魂像平常似的不敢惊动我，你知道我再不会骂你了，就是你扰我不睡我也不敢再怨了，因为我只要再能得到你一次的扰，我就可以责问他们因何骗我说你不再回来，让他们看看我的摩还是丢不了我，乖乖的又回来陪伴着我了，这一回我可一定紧紧的搂抱你再不能叫你飞出我的怀抱了。天呀！可怜我，再让你回来一次罢！我没有得罪你，为甚么罚我呢？摩！我这儿叫你呢，我喉咙里叫得直要冒血了，你难道还没有听见么？直叫到铁树开花，枯木发声，我还是忍心等着，你一天不回来，我一天的叫，等着我哪天没有了气我才甘心地丢开这惟一的希望。

你这一走不单是碎了我的心，也收了不少朋友伤感的痛泪。这一下真使我们感觉到人世的可怕，世道的险恶，没有多少日子竟会将一个最纯白最天真不可多见的人收了去，与人世永诀。在你也许到了天堂，在那儿还一样过你的欢乐日子，可是你将我从此就断送了。你从前不是说要我清风似的常在你的左右么？好，现在倒是你先化着一阵清风飞去天边了，我盼你有时也吹回来帮着我做些未了的事情，只要是你有耐心的话，最好是等着我将人世的事办完了同着你一同化风飞去，让朋友们永远只听见我们的风声而不见我们的人影，在黑暗里我们好永远逍遥自由的飞舞。

我真不明白你我在佛经上是怎样一种因果，既有缘相聚又因何中途分散，难道说这也有一定的定数么？记得我在北平的时候，那时还没有认识你，我是成天地过着那忍泪假笑的生活。我对人老含着一片至诚纯白的心而结果反遭不少人的讥诮，竟可以说没有一个人能明白我，能看透我的。一个人遭着不可言语的痛苦，当然地不由得生出厌世之心，所以我一天天地只是藏起了我的真实的心而拿一个虚伪的心来对付这混浊的社会，也不再希望有人来能真真地认识我明白我，甘心愿意从此自相摧残地快快了此残生。谁知道就在那时候会遇见了你，真如同在黑暗见着了一线光明，遂死的人又兑了一口气，生命从此转了一个方向。摩摩，你的明白我，真可算是透彻极了，你好像是成天钻在我的心房里似的，直到现在还只是你一个人是真还懂得我的。我记得我每遭人辱骂的时候你老是百般的安慰我，使我不得不对你生出一种不可言喻的感觉。我老说，有你，我还怕谁骂，你也常说，只要我明白你，你的人是我一个人的，你又为甚么要去顾虑别人的批评呢？所以我哪怕成天受着病魔的缠绕也再不敢有所怨恨的了。我只是对你满心的歉意，因为我们理想中的生活全被我的病魔来打破，连累着你成天也过那愁闷的日子。可是二年来我从来未见你有一些怨恨，也不见你因此对我稍有冷淡之意。也难怪文伯要说，你对我的爱是 complete and true 的了，我只怨我真是无以对你，这，我只好报之于将来了。

我现在不顾一切往着这满是荆棘的道路上去走，去寻一点真实的发展，你不是常怨我跟你几年没有受着一些你的诗意的陶熔么？我也实在惭愧，真也辜负你一片至诚的心了，我本来一百个放心，以为有你永久在我身边，还怕将来没有一个成功么？谁知现在我只得独自奋斗，再不能得你一些相助了，可是我若能单独撞出一条光明的大路也不负你爱我的心了，愿你的灵魂在冥冥中给我一点勇气，让我在这生命的道上不感受到孤立的恐慌。我现在很决心的答应你从此再不张着眼睛做梦躺在床上乱讲，病魔也得最后与它决斗一下，不是它生便是我倒，我一定做一个你一向希望我所能成的一种人。我决心做人，我决心做一点认真的事业，虽然我头顶只见乌云，地下满是黑影，可是我还记得你常说"受苦的人没有悲观的权力"。一个人决不能让悲观的慢性病侵蚀人的精神，让厌世的恶质染黑人的血液。我此后决不再病（你非暗中保护不可），我只叫我的心从此麻木，不再问世间有恋情，人们有欢娱。我早打发我心，我的灵魂去追随你的左右，像一朵水莲花拥扶着你往白云深处去缭绕，决不回头偷看尘间的作为，留下了我的躯壳同生命来奋斗。到战胜的那一天，我盼你带着悠悠的乐声从一团彩云里脚踏莲花瓣来接我同去永久地相守，过吾们理想中的岁月。

一转眼，你已经离开了我一个多月了，在这段时间我也不知道是怎样过来的，朋友们跑来安慰我，我也不知道是说甚么好。虽然决心不生病，谁知一直到现在它也没有离开过我一天。摩摩，我虽然下了天大的决心，想与你争一口气，可是叫我怎生受得了每天每时的悲念你时的一阵阵的心肺的绞痛。到现在有时想哭，眼泪干得流不出一点；要叫，喉中疼得发不出声。虽然他们成天的逼我一碗碗的苦水，也难以补得了我心头的悲痛，怕的是我恹恹的病体再受不了那岁月的摧残。我的爱，你叫我怎么忍受没有你在我身边的孤单。你那幽默的灵魂为甚么这些日也不给我一些声响？我晚间有时也叫他们走开，房间不让有一点声音，盼你在人静时给我一些声响，叫我知道你的灵魂是常常环绕着我，也好叫我在茫茫前途感觉到一点生趣，不然怕死也难以支持下去了。摩！大大！求你显一显灵罢，你难道忍心真的从此不再同我说一句话了么？不要这样的苛酷了罢！你看，我这孤单的人影从此怎样地去撞这艰难的世界？难道你看了不心痛么？你爱我的心还存在么？你为甚么不响？大！你真的不响了么？

她走了

梁遇春

她走了,走出这古城,也许就这样子永远走出我的生命了。她本是我生命源泉的中心里的一朵小花,她的根总是种在我生命的深处,然而此后我也许再也见不到那隐有说不出的哀怨的脸容了。这也可说我的生命的大部分已经从我生命里消逝了。

两年前我的懦怯使我将这朵花从心上轻轻摘下,(世上一切残酷大胆的事情总是懦怯弄出来的,许多自杀的弱者,都是因为起先太顾惜生命了,生命果然是安稳地保存着,但是自己又不得不把它扔掉。弱者只怕失败，终免不了一个失败，天天兜着这个圈子，兜的回数愈多，也愈离不开这圈子了！）——两年前我的懦怯使我将这朵小花从心上摘下，花叶上沾着几滴我的心血，它的根当还在我心里，我就不天天从这折断处涌出，化成脓了。所以这两年来我的心里的贫血症是一年深一年了。今天这朵小花，上面还濡染着我的血，却要随着江水——清流乎？浊流乎？天知道！——流去，我就这么无能为力地站在岸上，这么心里狂涌出鲜红的血。

"谁道人生无再少，门前流水尚能西"，但是我凄惨地相信西来的弱水绝不是东去的逝波。否则，我愿意立刻化作牛矢满面的石板在溪旁等候那万万年后的某一天。

她走之前，我向她扯了多少瞒天的大谎呀！但是我的鲜血都把它们染成为真实了。还没有涌上心头时是个谎话，一经心血的洗礼，却变做真实的真实了。我现在认为这是我心血唯一的用处。若使她知道个个谎都是从我心房里榨出，不像那信口开河的真话，她一定不让我这样不断地扯谎的。我将我生命的精华搜集在一起，全放在这些谎话里面，掷在她的脚旁，于是乎我现在剩下来的只是这堆渣滓，这个永远是渣滓的自己。我好比一根火柴，跟着她已经擦出一朵神奇的火花了，此后的岁月只消磨于躺在地板上做根腐朽的木屑罢了！人们践踏又何妨呢？"推枰犹恋全输局"，我已经把我的一生推在一旁了，而且丝毫也不留恋着。

她劝我此后还是少抽烟，少喝酒，早些睡觉，我听着我心里欢喜得正如破晓的枝头弄舌的黄雀，我不是高兴她这么挂念着我，那是用不着证明的，也是言语所不能证明的，我狂欢的理由是我看出她以为我生命还未全行枯萎，尚有留恋自己生命的可能，所以她进言的时期还没有完全过去；否则，她还用得着说这些话吗？我捧着这血迹模糊的心求上帝，希望她永久保留有这个幻觉。我此后不敢不多喝酒，多抽烟，迟些睡觉，表示我的生命力尚未全尽，还有心情来扮个颓丧者，因此使她的幻觉不全是个幻觉。虽然我也许不能再见她的倩影了，但是我却有些迷信，只怕她靠着直觉能够看到数千里外的我的生活情形。

她走之前，她老是默默地听我的忏情的话，她怎能说什么呢？我怎能不说呢？但是她的含意难伸的形容向我诉出这十几年来她辛酸的经验，悲哀已爬到她的眉梢同她的眼睛里去了，她还用得着言语吗？她那轻脆的笑声是她沉痛的心弦上弹出的绝调，她那欲泪的神情传尽人世间的苦痛，她使我凛然起敬，我觉得无限的惭愧，只好滤些清净的心血，凝成几句的谎言。天使般的你呀！我深深地明白你会原宥，我从你的原宥我得到我这个人唯一的价值。你对我说："女子多半都是心地极偏狭的，顶不会容人的，我却是心最宽大的。"你这句自白做了我黑暗的心灵的闪光。

　　我真认识得你吗？真走到你心窝的隐处吗？我绝不这样自问着，我知道在我不敢讲的那个字的立场里，那个字就是唯一的认识。心心相契的人们哪里用得着知道彼此的姓名和家世。

　　你走了，我生命的弦戛然一声全断了，你听见了没有？

　　　写这篇东西时，开头是用"她"字，但是有几次总误写做"你"字，后来就任情地写"你"字了。仿佛这些话迟早免不了被你瞧见，命运的手支配着我的手来写这篇文字，我又有什么办法哩！

　　　　　　　　　　　　　　六月十日午夜一时

给亡妇

朱自清

谦,日子真快,一眨眼你已经死了三个年头了。这三年里世事不知变化了多少回,但你未必注意这些个。我知道,你第一惦记的是你几个孩子,第二便轮着我。孩子和我平分你的世界,你在日如此;你死后若还有知,想来还如此的。告诉你,我夏天回家来着:迈儿长得结实极了,比我高一个头。闰儿父亲说是最乖,可是没有先前胖了。采芷和转子都好。五儿全家夸她长得好看,却在腿上生了湿疮,整天坐在竹床上不能下来,看了怪可怜的。六儿,我怎么说好,你明白,你临终时也和母亲谈过，这孩子是只可以养着玩儿的，他左挨右挨到去年春天，到底没有挨过去。这孩子生了几个月，你的肺病就重起来了。我劝你少亲近他，只监督着老妈子照管就行。你总是忍不住，一会儿提，一会儿抱的。可是你病中为他操的那一份儿心也够瞧的。那一个夏天他病的时候多，你成天儿忙着，汤呀，药呀，冷呀，暖呀，连觉也没有好好儿睡过。哪里有一分一毫想着你自己。瞧着他硬朗点儿你就乐，干枯的笑容在黄蜡般的脸上，我只有暗中叹气而已。

从来想不到做母亲的要像你这样。从迈儿起，你总是自己喂乳，一连四个都这样。你起初不知道按钟点儿喂，后来知道了，却又弄不惯；孩子们每夜里几次将你哭醒了，特别是闷热的夏季。我瞧你的觉老没睡足。白天里还得做菜，照料孩子，很少得空儿。你的身子本来坏，四个孩子就累你七八年。到了第五个，你自己实在不成了，又没乳，只好自己喂奶粉，另雇老妈子专管她。但孩子跟老妈子睡，你就没有放过心；夜里一听见哭，就竖起耳朵听，工夫一大就得过去看。十六年初，和你到北京来，将迈儿、转子留在家里；三年多还不能去接他们，可真把你惦记苦了。你并不常提，我却明白。你后来说你的病就是惦记出来的；那个自然也有份儿，不过大半还是养育孩子累的。你的短短的十二年结婚生活，有十一年耗费在孩子们身上；而你一点不厌倦，有多少力量用多少，一直到自己毁灭为止。你对孩子一般儿爱，不问男的女的，大的小的。也不想到什么"养儿防老，积谷防饥"，只拼命的爱去。你对于教育老实说有些外行，孩子们只要吃得好玩得好就成了。这也难怪你，你自己便是这样长大的。况且孩子们原都还小，吃和玩本来也要紧的。你病重的时候最放不下的还是孩子。病的只剩皮包着骨头了，总不信自己不会好，老说："我死了，这一大群孩子可苦了。"后来说送你回家，你想着可以看见迈儿和转子，也愿意；你万不想到会一走不返的。我送车的时候，你忍不住哭了，说："还不知能不能再见？"可怜，你的心我知道，你满想着好好儿带着六个孩子回来见我的。谦，你那时一定这样想，一定的。

除了孩子，你心里只有我。不错，那时你父亲还在；可是你母亲死了，他另有个女人，你老早就觉得隔了一层似的。出嫁后第一年你虽还一心一意依恋着他老人家，到第二年上我和孩子可就将你的心占住，你再没有多少工夫惦记他了。你还记得第一年我在北京，你在家里。家里来信说你待不住，常回娘家去。我动气了，马上写信责备你。你教人写了一封复信，说家里有事，不能不回去。这是你第一次也可以说第末次的抗议，我从此就没给你写信。暑假时带了一肚子主意回去，但见了面，看你一脸笑，也就拉倒了。打这时候起，你渐渐从你父亲的怀里跑到我这儿。你换了金镯子帮助我的学费，叫我以后还你；但直到你死，我没有还你。你在我家受了许多气，又因为我家的缘故受你家里的气，你都忍着。这全为的是我，我知道。那回我从家乡一个中学半途辞职出走。家里人讽你也走。哪里走！只得硬着头皮往你家去。那时你家像个冰窖子，你们在窖里足足住了三个月。好容易我才将你们领出来了，一同上外省去。小家庭这样组织起来了。你虽不是什么阔小姐，可也是自小娇生惯养的，做起主妇来，什么都得干一两手；你居然做下去了，而且高高兴兴地做下去了。菜照例满是你做，可是吃的都是我们；你至多夹上两三筷子就算了。你的菜做得不坏，有一位老在行大大地夸奖过你。你洗衣服也不错，夏天我的绸大褂大概总是你亲自动手。你在家老不乐意闲着；坐前几个"月子"，老是四五天就起床，说是躺着家里事没条没理的。其实你起来也还不是没条理；咱们家那么多孩子，哪儿来条理？在浙江住的时候，逃过两回兵难，我都在北平。真亏你领着母亲和一群孩子东藏西躲的；末一回还要走多少里路，翻一道大岭。这两回差不多只靠你一个人。你不但带了母亲和孩子们，还带了我一箱箱的书，你知道我是最爱书的。在短短的十二年里，你操的心比人家一辈子还多。谦，你那样身子怎么经得住！你将我的责任一股脑儿担负了去，压死了你，我如何对得起你！

你为我的劳什子书也费了不少神。第一回让你父亲的男佣人从家乡捎到上海去，他说了几句闲话，你气得在你父亲面前哭了。第二回是带着逃难，别人都说你傻子。你有你的想头："没有书怎么教书？况且他又爱这个玩意儿。"其实你没有晓得，那些书丢了也并不可惜；不过教你怎么晓得，我平常从来没和你谈过这些个！总而言之，你的心是可感谢的。这十二年里你为我吃的苦真不少，可是没有过几天好日子。我们在一起住，算来也还不到五个年头。无论日子怎么坏，无论是离是合，你从来没对我发过脾气，连一句怨言也没有。——别说怨我，就是怨命也没有过。老实说，我的脾气可不大好，迁怒的事儿有的是。那些时候你往往抽噎着流眼泪，从不回嘴，也不号啕。不过我也只信得过你一个人，有些话我只和你一个人说，因为世界上只你一个人真关心我，真同情我。你不但为我吃苦，更为我分苦；我之有我现在的精神，大半是你给我培养着的。这些年来我很少生病。但我最不耐烦生病,生了病就呻吟不绝,闹那伺候病的人。你是领教过一回的,那回只一两点钟,可是也够麻烦了。你常生病,却总不开口,挣扎着起来;一来怕搅我,二来怕没人做你那份儿事。我有一个坏脾气,怕听人生病,也是真的。后来你天天发烧,自己还以为南方带来的疟疾,一直瞒着我。明明躺着,听见我的脚步,一骨碌就坐起来。我渐渐有些奇怪,让大夫一瞧,这可糟了,你的一个肺已烂了一个大窟窿了!大夫劝你到西山去静养,你丢不下孩子,又舍不得钱;劝你在家里躺着,你也丢不下那份儿家务。越看越不行了,这才送你回去。明知凶多吉少,想不到只一个月工夫你就完了!本来盼望还见得着你,这一来可拉倒了。你也何尝想到这个?父亲告诉我,你回家独住着一所小住宅,还嫌没有客厅,怕我回去不便哪。

前年夏天回家,上你坟上去了。你睡在祖父母的下首,想来还不孤单的。只是当年祖父母的坟太小了,你正睡在圹底下。这叫作"抗圹",在生人看来是不安心的;等着想办法哪。那时圹上圹下密密地长着青草,朝露浸湿了我的布鞋。你刚埋了半年多,只有圹下多出一块土,别的全然看不出新坟的样子。我和隐今夏回去,本想到你的坟上来,因为她病了没来成。我们想告诉你，五个孩子都好，我们一定尽心教养他们，让他们对得起死了的母亲——你！谦，好好儿放心安睡吧，你。

一九三二年十月十一日作。

墓畔哀歌

石评梅

一

我由冬的残梦里惊醒,春正吻着我的睡靥低吟!晨曦照上了窗纱,望见往日令我醺醉的朝霞,我想让丹彩的云流,再认认我当年的颜色。

披上那件绣着蛱蝶的衣裳,姗姗地走到尘网封锁的妆台旁。呵!明镜里照见我憔悴的枯颜,像一朵颤动在风雨中苍白凋零的梨花。

我爱,我原想追回那美丽的皎容,祭献在你碧草如茵的墓旁,谁知道青春的残蕾已和你一同殉葬。

二

假如我的眼泪真凝成一粒一粒珍珠,到如今我已替你缀织成绕你玉颈的围巾。

假如我的相思真化作一颗一颗的红豆,到如今我已替你堆集永久勿忘的爱心。

哀愁深埋在我心头。

我愿燃烧我的肉身化成灰烬,我愿放浪我的热情怒涛汹涌,天呵!这蛇似的蜿蜒,蚕似的缠绵,就这样悄悄地偷去了我生命的青焰。

我爱,我吻遍了你墓头青草在日落黄昏;我祷告,就是空幻的梦吧,也让我再见见你的英魂。

三

明知道人生的尽头便是死的故乡,我将来也是一座孤冢,衰草斜阳。有一天呵!我离开繁华的人寰,悄悄入葬。这悲艳的爱情一样是烟消云散,昙花一现,梦醒后飞落在心间的都是些残泪点点。

然而我不能把记忆毁灭，把埋我心墟上的残骸抛却，只求我能永久徘徊在这垒垒荒冢之间，为了看守你的墓茔，祭献那茉莉花环。

我爱，你知否我无言的忧衷，怀想着往日轻盈之梦。梦中我低低唤着你小名，醒来只是深夜长空有孤雁哀鸣！

四

黯淡的天幕下，没有明月也无星光这宇宙像数千年的古墓；皑皑白骨上，飞动闪映着惨绿的磷花。我匍匐哀泣于此残锈的铁栏之旁，愿烘我愤怒的心火，烧毁这黑暗丑恶的地狱之网。

命运的魔鬼有意捉弄我弱小的灵魂，罚我在冰雪寒天中，寻觅那凋零了的碎梦。求上帝饶恕我，不要再惨害我这仅有的生命，剩得此残躯在，容我杀死那狞恶的敌人！

我爱，纵然宇宙变成烬余的战场，野烟都腥：在你给我的甜梦里，我心长系驻于虹桥之中，赞美永生！

五

我整天踟蹰于垒垒荒冢,看遍了春花秋月不同的风景,抛弃了一切名利虚荣,来到此无人烟的旷野,哀吟缓行。我登了高岭,向云天苍茫的西方招魂,在绚烂的彩霞里,望见了我沉落的希望之陨星。

远处是烟雾冲天的古城,火星似金箭向四方飞游!隐约的听见刀枪搏击之声,那狂热的欢呼令人震惊!在碧草萋萋的墓头,我举起了胜利的金觥,饮吧我爱,我奠祭你静寂无言的孤冢!

星月满天时,我把你遗我的宝剑纤手轻擎,宣誓向长空:愿此生永埋了英雄儿女的热情。

六

假如人生只是虚幻的梦影,那我这些可爱的映影,便是你赠与我的全生命。我常觉你在我身后的树林里,骑着马轻轻地走过去。我常觉你停息在我的窗前,徘徊着等我的影消灯熄。常觉你随着我唤你的声音悄悄走近了我,又含泪退到了墙角。

常觉你站在我低垂的雪帐外,哀哀地对月光而叹息!

在人海尘途中,偶然逢见个像你的人,我停步凝视后,这颗心呵!便如秋风横扫落叶般冷森凄零!我默思我已经得到爱的心,如今只是荒草夕阳下,一座静寂无语的孤冢。

我的心是深夜梦里,寒光闪灼的残月,我的情是青碧冷静,永不再流的湖水。残月照着你的墓碑,湖水环绕着你的坟,我爱,这是我的梦,也是你的梦,安息吧,敬爱的灵魂!

七

我自从混迹到尘世间,便忘却了我自己;在你的灵魂我才知是谁?

记得也是这样夜里。我们在河堤的柳丝中走过来,走过去。我们无语,心海的波浪也只有月儿能领会。你倚在树上望明月沉思,我枕在你胸前听你的呼吸。抬头看见黑翼飞来掩遮住月儿的清光,你抖颤着问我:假如这苍黑的翼是我们的命运时,应该怎样?

我认识了欢乐,也随来了悲哀,接受了你的热情,同时也随来了冷酷的秋风。往日,我怕恶魔的眼睛凶,白牙如利刃;

我总是藏伏在你的腋下趑趄不敢进,你一手执宝剑,一手扶着我践踏着荆棘的途径,投奔那如花的前程!

如今,这道上还留着你斑斑血痕。恶魔的眼睛和牙齿仍是那样凶狠,但是我爱,你不要怕我孤零,我愿用这一纤细的弱玉腕,建设那如意的梦境。

八

春来了,催开桃蕾又飘到柳梢,这般温柔慵懒的天气真使人恼!她似乎躲在我眼底有意缭绕,一阵阵风翼,吹起了我灵海深处的波涛。

这世界已换上了装束,如少女般那样娇娆,她披拖着浅绿的轻纱,蹁跹在她那(姹)紫嫣红中舞蹈。伫立于白杨下,我心如捣,强睁开模糊的泪眼,细认你墓头,萋萋芳草。

满腔心酸与谁道!愿此恨吐向青天将天地包。它纠结围绕着我的心,像一堆枯黄的蔓草,我爱,我待你用宝剑来挥扫,我待你用火花来焚烧。

九

　　垒垒荒冢上，火光熊熊，纸灰缭绕，清时到了。这是碧草绿水的春郊。墓畔有白发老翁，有红颜少年，向这抔黄土致不尽的怀忆和哀悼，云天苍茫处我将魂招；白杨萧条，暮鸦声声，怕孤魂归路迢迢。

　　逝去了，欢乐的好梦，不能随墓草而复生，明朝此日，谁知天涯何处寄此身？叹漂泊我已如落花浮萍，且高歌，且痛饮，拼一醉浇熄此心头余情。

　　我爱，这一杯苦酒细细斟，邀残月与孤星和泪共饮，不管黄昏，不论夜深，醉卧在你墓碑旁，任霜露侵凌吧！我再不醒。

十六年清明陶然亭畔。

将这个献给我的妻房

罗黑芷

你所时时抱着的那恐怖和那一想便会教你全身战栗的那惶惑，在你的眉头上我知道曾经开始攻进了你的不能防御的心，有许多许多的昼夜了。今晨你要求我"早点儿回来"时，你的眼睛里仿佛要说而又不愿多说的言语，教我知道了你的朦胧的回忆里又理出了昔日的痛苦，压住了目前的心。

当我出门步行向那每天照例必得走一趟的地方去时，那头上蔚蓝到教人喜悦的天空，和那从墙头落下来的拂面的暖风，不知不觉地诱惑了我了。他们教我想到野外的柳枝，绿的池塘，新生的草，和朋友们的欢颜，乃至教我在迷惘中尝到了一滴醉人的酒和一片甘芳的饵。但我也在这悬想的快乐里，想到了你在晨间微笑着向我说的"但愿今日是一个清和的晴天"的话。你须知道我平时在这样醉人的天底下走着，便早忘掉你了！今日我努力想要和平时一般地忘掉你，但是我脊梁上驮着的一种压人的东西竟使我瞧见了那些每天早晨在街上必得遇见，而且连眉目都认得清楚的行步飘逸而态度骄矜的年青姑娘时，不敢用眼睛窥瞧；即如我已经坐在办公室内的写字台边了，人们的言笑和脸色似乎都和我陡然隔了一层障纱了，而且那从笔尖落下在白纸上纵横的黑痕也仿佛在那儿和我相撑拒。这样说来，我竟是正在思念着你了，而且思念着你今天的话了？不是的。我只是在许多图画片中拣出了三年前的一旧影呵！

　　三年前，大约是三年前的初秋的一日下午，我从城里到了你母亲的家中。初见人影便大声嗥吠及至定睛看清楚了是熟人而后摇尾跳跃的两只灰黄色的狗，将我拥着进了那屋子的厅堂。那西落的斜日犹自留下半截耀眼的白光在东厢房的窗口之上和瓦檐之下。堂屋的空洞和桌椅的静默流出了右边正房内的仿佛有许多女人悄悄地谈话和间歇发作的低微的苦楚的呻吟。

这曾使我疑惑。一个老年妇人出房来了，见着我便摇手，她是我的继母，我没有认错。她的意思，在那布满着神秘的慌张的脸色上，是通知我不要走进那房里去。我立时明白了这老年人对于我的尊敬。我正踌躇着，便听见你的无力而颤抖的声音唤着我的名字了。

  我知道这是怎样的一回事。我拂了老人的意思和命令，斗胆地撞进了那房门。那时，在那仅由一个低的纸糊窗牖放进光去的昏暗的地板中央离卧床不远的地方坐在一只矮椅上的你，上身穿着一件白地蓝条纹的洋纱单衣，下面裸露出两条单瘦的大腿；气弱的眸子从你那白到无血色的脸上慢慢地朝着我望了过来。我仿佛也看见了成家坪的廖六娘和隔壁佃户家的刘大嫂；我仿佛也看见了你的母亲摆着预备做第五次外祖母的毫无表情的面孔，陪着她俩和旁的另外一二个女人们慷慨地谈论些和此时的问题大约没有关系的事；我仿佛也看见了那壁上的画幅，靠壁的条桌，桌上零乱摆着的座钟，花瓶，瓦壶，白瓷茶杯，大碗，破书，和包药的旧纸的红色蓝色，床檐，和床前的旧睡椅等，连同其余的数记不清的静默着的物件，在我眼前齐变了他们平日的和平的模样。这些大约是我第一步跨进房门时眼睛一瞥之所获得的了。

"你回来了。"这是一种感觉到内心慰安然而是没气力的呼唤。

我默默地看了你一眼，因为觉得有许多目光都在忸怩地示意我退出去，我便在这房门的外边沿壁的一张大靠手乌木椅子上面安置了我的身体，同时也便从容地想到"你真是一个勇敢的女人呵！"

我想着第一个儿子的出生是你处女的美开始告诉完结的时候——膨大的乳房，松懈的脚步，和前额上许多隐隐的皱纹，都在那时警告你生命的坂路已经到了最高的顶点，从此便是向那下坡的路上了。你虽是二十一岁的少妇，你的格言只有柔顺，服从，和忍受，或者当那压服已久的自然的反抗的意志偶然不经意地流露时，也只有默默地倒卧在床上，或者更强烈一点便独坐在房隅里红着鼻子啜泣。这些由你的伯母叔母和母亲的模范及父亲和叔父等的训练而使你奉命唯谨的那些格言遂使你在上海跟着我度那典质为生的日子里，在你终日板滞地被拘囚着刻刻思念家乡的日子里，在腹内胚生了第二个新生命的种子，那便是你的安儿了。

你的生活的路线上最应该不使你忘记的一段，我想，是朗儿出生的历史：在民国八年严冬未死春风未醒的时候，我因生活的逼迫，为着二十元一月的收入，远离你住在武陵的德山工校。自结婚后从不曾分离过的我们，在那些现在已无踪影的信札上，曾经开始感到入骨的寂寞，也便是感到那不待用人工织成而自己会领略的恋的滋味了。在每个晴天的下午，那山顶的古寺，山下的朗江，隐在烟雾中的武陵城市，和那从山上远望去仿佛只是一点点白色在绿波上慢慢移动的船帆，现在想起来，还使我感谢那逆转的运命怎样地将我们从数百里之外吸引在一处过那种一生中仅能有一次的幸福的生活。

你须知道：我们虽然有了四个小孩，而真正的生命延续却只有那从德山归后你所产生的这朗儿了！可是如蚕儿般你的生命似乎已经到了那从茧子里蜕变成蛾，已经开始执行你的天职到数秒钟之久，而亦可说是已经开始你的生命的毁灭到了九个寒暑的来复了。我曾经亲眼看见你的眼睛变大了；密生的长发成稀疏了；肩头支着衣服现出两点骨的突起了；袒开胸服时，两片软而皱的乳房的皮贴着肋骨而垂下了；行路时仿佛在你的颈项上给套上了挽车的粗绳，只是挨延着提脚步了。这便是你做了四个小孩的母亲的代价，而也是你做了我十年妻房的代价。你现在已经是三十岁的中年妇人了。

我坐在那房门外的乌木靠椅上，时时听见房内的声唤，时时瞧见许多女人们（继母和你的母亲大约也在内）从这房门口出出进进，每次她们手里总得捧着一浆水或旁的衣布之类。有时我的麻木了的肢体教我站了起来，随着房内一阵紧一阵的恫呻，开始在这厅堂中的泥地上打磨旋。这样的天色便昏黑了。仿佛是那七岁的安儿从厅堂门外探进了半截身躯，低低地但是惶惶地说："爸爸，晚饭。"

"晚饭？现在不吃。"我用眼睛回答了他。

我的脚步踅到了房门口，决意搴开门帘一瞧，便在那放置在条桌上支着白瓷罩子的石油灯射出来的暗红色的光里，看见你的眼睛闭上了在那颜面筋肉已不起什么作用的灰白色脸上。房里坐着或站着在你周围的人们，在静寂的难挨的时间经过里，间歇地发出问讯，安慰，或商酌的低声的语言。她们的心跳跃着，呼吸紧逼着，似乎正在等候那一秒迫近一秒的未来的变动。危险呢？安全呢？生呢？死呢？我却什么也不曾想到，因为我什么也不曾等候着，我眼前现出的只是一片空茫。

我又退出，这回在厅前阶上徘徊着。那已经高出东南屋角树杪的下弦的月，从那些在她下面慢慢流动的银灰色的云片隙缝中射下一线水也似的清光在那白色墙上和那低的方格窗牖上。我停步细听，处处都是静寂；除了那辨认不真方向的远远的犬吠,却只有微风摇着大约是屋后四株大枫树的叶儿和那附生在下面的丛竹的戚戚了。此时我听见房内的小巧玲珑的座钟丁丁地响了八下,九下,后来竟然是十下了。那在房内的沉默了许久的空气忽然被一阵水浆淋漓在地板上的声音,和人们的手脚拖动木凳木盆而一面嘈嘈切切抢着说话的声音惊破了。我跟着计算这是起了产气以后的第十九个小时。"也应该是最后的时刻罢?"的希望依然还是渺茫。然而激烈的阵痛开始了;我不由得跑进了房去,仿佛有幽灵在后面袭着我。

那时刻,你是如有岛武郎在他的《与幼小者》的文中说的:"宛然用肉眼看着噩梦一般,产妇圆睁一眼,并无目的地看定了一处地方……"你那仿佛坠落在漆黑深洞中的半途里挣扎着,想抓住一根细而长的丝便以为生命得救了似的哀唤着母亲的那声浪,将我一无所知地引到了你的身旁。你便将左臂从那原来紧靠着你的那女人肩上,疾速地钩住了我的颈项,抵死环抱着;在累积地增加努力的俄顷间,你母亲的大声颤抖的叱咤猛烈地激动了诸人的奋励。忽然一阵松懈,你的疲乏到不堪的脑袋便在"哎哟……"的一声里倒在我这战栗的肩头!这便是第五个女孩的出生呵!

不幸这三年后的今日,又使你真切感到了那痛苦的记忆。

造物将你玩弄如同他玩弄世间一切女性的生物一样,即是一颗栗子的产生也要将他的母体破裂而复能见着太阳的光,因为母亲的一生总是这样的呵!我现在坐在这又是一弯残月的天的夜半的一室,做梦一般地又听到那教我神经麻痹的痛楚的呻吟。我实在不能忍了。我将眼耳蔽塞么?我还有那想逃走而复恋恋于此的不自由的灵魂!我有罪了。倘若这个新的生命能与它的母亲同在,它的名字便给叫作"恕儿"罢。这便是我奉献给你的微尘般渺小的报酬了!

花　床

缪崇群

　　冬天，在四周围都是山地的这里，看见太阳的日子真是太少了。今天，难得雾是这么稀薄，空中融融的混合着金黄的阳光，把地上的一切，好像也照上一层欢笑的颜色。

　　我走出了这黝暗的小阁，这个作为我们办公的地方（它整年关住我！），我扬着脖子，张开了我的双臂，恨不得要把谁紧紧地拥抱了起来。

　　由一条小径，我慢慢地走进了一个新村。这里很幽静，很精致，像一个美丽的园子。可是那些别墅里的窗帘和纱门都垂锁着，我想，富人们大概过不惯冷清的郊野的冬天,都集向热闹的城市里去了。

我停在一架小木桥上,眺望着对面山上的一片绿色,草已经枯萎了,唯有新生的麦,占有着冬天的土地。

说不出的一股香气,幽然地吹进了我的鼻孔,我一回头,才发现了在背后的一段矮坡上,铺满着一片金钱似的小花,也许是一些耐寒的雏菊,仿佛交头接耳地在私议着我这个陌生的来人:为探寻着什么而来的呢?

我低着头,看见我的影子正好像在地面上蜷伏着。我也真的愿意把自己的身子卧倒下来了,这么一片孤寂宁馥的花朵,她们自然地成就了一张可爱的床铺。虽然在冬天,土下也还是温暖的罢?

在远方,埋葬着我的亡失了的伴侣的那块土地上,在冬天,是不是不只披着衰草,也还生长着不知名的花朵,为她铺着一张花床呢?

我相信,埋葬着爱的地方,在那里也蕴藏着温暖。

让悼亡的泪水,悄悄地洒在这张花床上罢,有一天,终归有一天,我也将寂寞地长眠在它的下面,这下面一定是温暖的。

仿佛为探寻什么而来,然而,我永远不能寻见什么了,除非我也睡在花床的下面,土地连接着土地,在那里面或许还有一种温暖的、爱的交流?

一九四一,十二,十日

三

相思染墨，纸短情长

两地书（节选）

鲁　迅　许广平

（一）

B.EL[①]：

今天是我们到上海后，你出门去了的第一天，现在是下午六点半，查查铁路行车时刻表，你已经从浦口动身，开车了半小时了。想起你一个人在车上，一本德文法不能整天捧在手里看，放下的时候就会空想。想些什么呢？复杂

[①] B.EL：B. 是德语 Bruder（兄弟）或英语 Brother（兄弟）的缩写；EL 是德语 Elefant 或英语 Elephant（象）的缩写。意为"象兄"。

之中,首先必以为我在怎么过活着,与其幻想,不如由我直说罢——

别后我回到楼上剥瓜子,太阳从东边射在躺椅上,我坐着一面看《小彼得》一面剥,绝对没有四条胡同①,因为我要用我的魄力来抵抗这一点,我胜利了。此后睡了一会,醒来正午,邮差送到一包书,是未名社挂号寄来的韦丛芜著的《冰块》五本。午饭后收拾收拾房子,看看文法,同隔壁的大家谈谈天,又写了一封给玉书的信。下午到街上去散步,买些水果回来,和大家一同吃。吃完写信,写到这里,正是"夕方"②时候了。夜饭还未吃过呢,再有什么事,待续写下去罢。

十三,六时五十分。

EL.,现在是十四日午后六时二十分,你已经过了崮山,快到济南了。车是走得那么快,我只愿你快些到北京,免得路中挂念。今天听说京汉路不大通,津浦大约不致如此。你到后,在回来之前,倘闻交通不便,千万不要冒险走,只要你平安的

---

① 四条胡同:鲁迅用以取笑女性的哭泣,戏指两条眼泪,两条鼻涕。
② 夕方:日语中日暮、黄昏的意思。

住着，我也可以稍慰的。

昨夜稍稍看书，九时躺下，我总喜欢在楼上，心地比较的舒服些。今天六时半醒来，九时才起，仍是看书和谈天。午后三时午睡，充分休养，如你所嘱，勿念。只是我太安闲，你途中太辛苦了，共患难的人，有时也不能共享一样的境遇，奈何！

今日收到殷夫的投《奔流》的诗稿，颇厚，先放在书架上了，等你回来再看。

祝你安好。

H.M.① 五月十四日下午六时三十分。

（二）

EL.DEAR：

昨夜（十四）饭后，我往邮局发了给你的一封信，回来看看文法，十点多睡下了。早上醒来，推想你已到天津了；午间知道你应该已经到了北京，各人一见，意外的欢喜，你也不少

---

① H.M.：罗马字"害马"拼音的缩写。

的高兴罢。

今天收到《东方》第二号，又有金溟若的一封挂号厚信，想是稿子，都放在书架上。

我这两天因为没甚事情做，睡得多，吃的也多，你回来一定会见得我胖了。下午同王老太太等大小五六个往新雅喝茶，因为是初次，她们都很高兴；回来已近五点，略翻《东方》，一天又快过去了。我记着你那几句话，所以虽是一个人，也不寂寞。但这两天天快亮时都醒，这是你要睡的时候，所以我仍照常醒来，宛如你在旁预备着要睡，又明知你是离开了，这古怪的心情，教我如何描写得出来呢？好在转瞬间天真个亮了，过些时我也就起来了。

十五日下午五时半写。

EL.DEAR：

昨天（十五）夜饭后，我在楼上描桌布的花样，又看看文法，到十一点睡下，但四点多又照例醒来了，一直没有再睡熟。今天上午我在楼下缝衣服，且看报，就得到你的来电，人到依时，电到也快，看发电时是十三，四〇，想是十五日下午一时四十分发出的。阅电后非常快慰，虽然明知道是必到的，但愈是如此就愈加等待，这真是奇怪。

阿菩当你去的第一天吃夜饭的时候，叫我下去了，却还不肯罢休，一定要把你也叫下去，后来大家再三开导她，也不肯走，她的母亲说是你到街上去了，才不得已走出，这小囡真有趣。上海已经入了梅雨天，总是阴沉沉的，时雨时晴，怪讨人厌的天气。你到北平，熟人都已见过了么？太师母等都好？替我问候。

愿眠食当心。

H.M. 五月十六日下午二时十五分。

（三）

H.M.D：

在沪宁车上，总算得了一个座位，渡江上了平浦通车，也居然定着一张卧床。这就好了。吃过夜饭，十一点睡觉，从此一直睡到第二天十二点，醒来时，不但已出江苏境，并且通过了安徽界蚌埠，到山东界了。不知道你可能如此大睡，恐怕不能这样罢。

车上和渡江的船上，遇见许多熟人，如幼渔之侄，寿山之友，未名社的人物，还有几个阔人，自说是我的学生，但我不认识他们了。

今天午后到前门站，一切大抵如旧，因为正值妙峰山香市，所以倒并不冷静。正大风，饱餐了三年未吃的灰尘。下午发一电，我想，倘快，则十六日下午可达上海了。

家里一切也如旧；母亲精神容貌仍如三年前，但关心的范围好像减小了不少，谈的都是邻近的琐事，和我毫不相干的。以前似乎常常有客来住，久至三四个月，连我的日记本子也都翻过了，这很讨厌，大约是姓车的男人所为，莫非他以为我一定死在外面，不再回家了么？

不过这种情形，我倒并不气恼，自然也不喜欢；久说必须回家一趟，现在是回来了，了却一件事，总是好的。此刻是夜十二点，静得很，和上海大不相同。我不知道她睡了没有？我觉得她一定还未睡着，以为我正在大谈三年来的经历了，其实并未大谈，却在写这封信。

今天就是这样罢，下次再谈。

EL. 五月十五夜。

（四）

H.D：

　　昨天寄上一函，想已到。今天下午我访了未名社一趟，又去看幼渔，他未回，马珏是因病进了医院许多日子了。一路所见，倒并不怎样萧条，大约所减少的不过是南方籍的官僚而已。

　　关于咱们的事，闻南北统一后，此地忽然盛传，研究者也颇多，但大抵知不确切。我想，这忽然盛传的缘故，大约与小鹿之由沪入京有关的。前日到家，母亲即问我害马为什么不一同回来，我正在付车钱，匆忙中即答以有些不舒服，昨天才告诉她火车震动，不宜于孩子的事，她很高兴，说，我想也应该有了，因为这屋子里早应该有小孩子走来走去了。这种"应该"的理由，虽然和我们的意见很不同，但总之她非常高兴。

　　这里很暖，可穿单衣了。明天拟去访徐旭生，此外再看几个熟人，别的也无事可做。尹默凤举，似已倾心于政治，尹默之汽车，晚天和电车相撞，他臂膊也碰肿了，明天也想去看他，并还草帽。静农为了一个朋友，听说天天在查电码，忙不可当。林振鹏在西山医胃病。

附笺一纸,可交与赵公。又通知老三,我当于日内寄书一包(约四五本)给他,其实是托他转交赵公的,到时即交去。

我的身体是好的,和在上海时一样,勿念。但 H. 也应该善自保养,使我放心。我相信她正是如此。

迅。五月十七夜。

(五)

D.H：

听说上海北平之间的信件,最快是六天,但我于昨天(十八)晚上姑且去看看信箱——这是我们出京后新设的——竟得到了十四日发来的信,这使我怎样意外地高兴呀。未曾四条胡同,尤其令我放心,我还希望你善自消遣,能食能睡。

母亲的记忆力坏了些了,观察力注意力也略减,有些脾气颇近于小孩子了。对于我们的感情是很好的。也希望老三回来,但其实是毫无事情。

前天幼渔来看我,要我往北大教书,当即婉谢。同日又看见执中,他万不料我也在京,非常高兴。他们明天在来今雨轩结婚,我想于上午去一趟,已托羡苏买了绸子衣料一件,作为贺礼带去。新人是女子大学学生，音乐系。

昨晚得到你的来信后，正在看，车家的男女突然又来了，见我已归，大吃一惊，男的便到客栈去，女的今天也走了。我对他们很冷淡，因为我又知道了车男住客厅时，不但乱翻日记，并且将书橱的锁弄破，并书籍也查抄了一通。

以上十九日之夜十一点写。

二十日上午，你十六日所发的信也收到了，也很快。你的生活法，据报告，很使我放心。我也好的，看见的人，都说我精神比在北京时好。这里天气很热，已穿纱衣，我于空气中的灰尘，已不习惯，大约就如鱼之在浑水里一般，此外却并无什么不舒服。

昨天往中央公园贺李执中，新人一到，我就走了。她比执中短一点，相貌适中。下午访沈尹默，略谈了一些时；又访兼士，凤举，耀辰，徐旭生，都没有会见。就这样的过了一天。夜九点钟，就睡着了，直至今天七点才醒。上午想择取些书籍，但头绪纷繁，无从下手，也许终于没有结果的，恐怕《中国字体变迁史》也不是在上海所能作罢。

今天下午我仍要出去访人，明天是往燕大演讲。我这回本来想决不多说话，但因为有一些学生渴望我去，所以只得去讲几句。我于月初要走了，但决不冒险，千万不要担心。《冰块》留下两本，其余可分送赵公们。《奔流》稿可请赵公写回信寄还他们，措辞和上次一样。

愿你好好保养，下回再谈。

以上二十一日午后一时写。
ELEF.

（六）

EL.D：

这是第三封信了，告诉一声，俾可以晓得我很高兴写，虽然你到北平今天也不过第三天，料想你也高兴收到信罢。

今天大清早老太婆开了后门不久的时候，达夫先生拿着两本第五期的《大众文艺》送来，人们只听得老太婆诺诺连声，我急起来看时，他早已跑掉了。

午后得钦文寄你的信，并不厚，今附上。内山书店也送来《厨川白村全集》一本，第二卷，文学论下，我就也存放在书架上。

昨夜九时睡，至今早七点多才起来，忽然大睡，呆头呆脑得很。连日毛毛雨，不大出门。你的情形如何？没有什么报告了，下次再谈罢。

H.M. 五月十七日下午四时。

（七）

EL.DEAR：

今天下午刚发一信，现在又想执笔了。这也等于我的功课一样，而且是愿意做的那一门，高兴的就简直做下去罢，于是乎又有话要说出来了——

这时是晚上九点半，我想起今天是礼拜五，明天是礼拜六，一礼拜又快过去了，此信明天发，免得日曜受耽搁。料想这信到时，又过去一礼拜了，得到你的回信时，又是一礼拜，那么总共就过去三个礼拜了，那是在你接到此信，我得了你回复此信的时候的话。虽然这还很有些时光，但不妨以此先自快慰。话虽如此，你如没有工夫，就不必每得一信，即回一封，因为我晓得你忙，不会挂念的。

生怕记起的又即忘记了，先写出来罢：你如经过琉璃厂，不要忘掉了买你写日记用的红格纸,因为已经所余无几了。你也许不会忘记,不过我提起一下,较放心。

我寄你的信,总要送往邮局,不喜欢放在街边的绿色邮筒中,我总疑心那里会慢一点。然而也不喜欢托人带出去,我就将信藏在衣袋内,说是散步,慢慢的走出去,明知道这绝不是什么秘密事,但自然而然的好像觉得含有什么秘密性似的。待到走到邮局门口,又不愿投入挂在门外的方木箱,必定走进里面,放在柜台下面的信箱里才罢。那时心里又想:天天寄同一名字的信,邮局的人会不会诧异呢?于是就用较生的别号,算是挽救之法了。这种古怪思想,自己也觉得好笑,但也没有制服这个神经的神经,就让他胡思乱想罢。当走去送信的时候,我又记起了曾经有一个人,在夜里跑到楼下房外的信筒那里去,我相信天下痴呆盖无过于此君了,现在距邮局远,夜行不便,此风万不可长,宜切戒之!!!

今日下午也缝衣,出去寄信时又买些水果,回来大家分吃了。你带去的云腿吃过了没有?还可口么?我身体精神都好,食量也增加,不过继续着做一种事情,稍久就容易吃力,浑身疲乏。我知道这个道理,所以时而做些事,时而坐坐,时而睡睡,坐睡都厌了就到马路上来回走一个短路程,这样一调节,也就不致吃苦了。

时局消息，阅报便知，不多述了，有时北报似更详悉。听说现在津浦路还照常，但来时要打听清楚才好。

YOUR H.M. 五月十七夜十时。

（八）

D.H.M：

二十一日午后发了一封信，晚上便收到十七日来信，今天上午又收到十八日来信，每信五天，好像交通十分准确似的。但我赴沪时想坐船，据凤举说，日本船并不坏，二等六十元，不过比火车为慢而已。至于风浪，则夏期一向很平静。但究竟如何，还须俟十天以后看情形决定。不过我是总想于六月四五日动身的，所以此信到时，倘是廿八九，那就不必写信来了。

我到北平，已一星期，其间无非是吃饭，睡觉，访人，陪客，此外什么也不做。文章是没有一句。昨天访了几个教育部旧同事，都穷透了，没有事做，又不能回家。今天和张凤举谈了两点钟天，傍晚往燕京大学讲演了一点钟，照例说些成仿吾徐志摩之类，听的人颇不少——不过也不是都为了来听讲演的。这天有一个人对我说：燕大是有钱而请不到好教员，你可以来此教书了。我即答以我奔波了几年，已经心粗气浮，不能教书了。D.H.，我想，这些好地方，还是请他们绅士们去占有罢，咱们还是漂流几时的好。沈士远也在那里做教授，听说全家住在那里面，但我没有工夫去看他。

今天寄到一本《红玫瑰》，陈西滢和凌叔华的照片都登上了。胡适之的诗载于《礼拜六》，他们的像见于《红玫瑰》，时光老人的力量，真能逐渐显出"物以类聚"的真实。

云南腿已将吃完，很好，肉多，油也足，可惜这里的做法千篇一律，总是蒸。带回来的鱼肝油也已吃完，新买了一瓶，价钱是二元二角。

云章未到西三条来，所以不知道她住在何处，小鹿也没有来过。

北平久不下雨，比之南方的梅雨天，真有"霄壤之别"。所有带来的夹衣，都已无用，何况绒衫。我从明天起，想去医牙齿，大约有一星期，总可以补好了。至于时局，若以询人，则因其人之派别，而所答不同，所以我也不加深究。总之，到下月初，京津车总该是可走的。那么，就可以了。

这里的空气真是沉静，和上海的烦扰险恶，大不相同，所以我是平安的。然而也静不下,惟看来信,知道你在上海都好,也就暂自宽慰了。但愿能够这样的继续下去,不再疏懈才好。

L.五月廿二夜一时。

(九)

D.H.M：

　　此刻是二十三日之夜十点半,我独自坐在靠壁的桌前,这旁边,先前是有人屡次坐过的,而她此刻却远在上海。我只好来写信算作谈天了。

　　今天上午,来了六个北大国文系学生的代表,要我去教书,我即谢绝了。后来他们承认我回上海,只要预定下几门功课,何时来京,便何时开始,我也没有答应他们。他们只得回去,而希望我有一回讲演,我已约于下星期三去讲。

　　午后出街,将寄给你的信投入邮箱中。其次是往牙医寓,拔去一齿,毫不疼痛,他约我于廿七上午去补好,大约只要一次就可以了。其次是走了三家纸铺,集得中国纸印的信笺数十种,花钱约七元,也并无什么妙品。如这信所用的一种,要算是很漂亮的了。还有两三家未去,便中当再去走一趟,大约再用四五元，即将琉璃厂略佳之笺收备了。

计到北平，已将十日，除车钱外，自己只花了十五元，一半买信笺，一半是买碑帖的。至于旧书，则仍然很贵，所以一本也不买。

明天仍当出门，为士衡的饭碗去设设法；将来又想往西山看看漱园，听他朋友的口气，恐怕总是医不好的了。韦丛芜却长大了一点。待廿九日往北大讲演后，便当作回沪之准备，听说日本船有一只名"天津丸"的，是从天津直航上海，并不绕来绕去，但不知在我赴沪的时候，能否相值耳。

今天路过前门车站，看见很扎着些素彩牌坊了，但这些典礼，似乎只有少数人在忙。

我这次回来，正值暑假将近，所以很有几处想送我饭碗，但我对于此种地位，总是毫无兴趣。为安闲计，住北平是不坏的，但因为和南方太不同了，所以几乎有"世外桃源"之感。我来此虽已十天，却毫不感到什么刺戟，略不小心，确有"落伍"之惧的。上海虽烦扰，但也别有生气。

下次再谈罢。我是很好的。

L.五月二十三日。

（十）

D.EL：

　　昨天夜里写好的信，是今早发出的。吃过早粥后，见天气晴好，就同蕴如姊到大马路买些手巾之类，以备他日应用，一则乘此时闲空，二则还容易走动之故。约下午二时回家，吃面后正在缝衣，见达夫先生和密斯王来访，知你不在后，坐下略作闲谈，见我闲寂，又约我出外散步，盛意可感。时已四时多，不久就是晚饭时候，我怕累他们破费，婉谢不去，他们又坐了一会，见我终于不动，乃辞去，说往看白薇去了。

　　下午，三先生送来一本 *A History of Woodengraving by Douglas Percy Bliss*，是从英国带来的。又收到金溟若信一封，想是询问前次寄稿之事，我搁下了；另一信是江绍平先生的，并不厚，今即附上，此公颇怪气也。

　　夜饭后，王公送来《朝花》第二十期，问要不要合订本子。我说且慢，因那些旧的放在那里，不易找也。他遂即回去。

十八夜八时十分写。

　　又，同夜八时半，有人送来文稿数件共一束，老太婆说不出他的姓名，看看封上的几个字，好像"迹余"笔迹。我也先放在书架上，待你回来再说罢。

EL.DEAR：

　　昨夜我差不多十时就睡了，至一时左右醒来，就不大能睡熟，这大约是有了习惯之故。天亮时，扫街人孩子大哭，其母大打，打后又大诉说一通；稍静合眼，醒来已经九时了。午后得李霁野信，无甚要事，且与你已能见面，故不转寄。下午仍做缝纫，并看看书报。晚上至马路散步，买得广东螃蟹一只，携归在火酒灯上煮熟，坐在躺椅上缓缓食之。你说有趣没有呢？现时是吃完执笔，时在差十分即十点钟也。你日来可好？为念。不尽欲言。

　　　　　　　　　　H.M. 五月十九夜九时五十分。

（十一）

EL.D：

　　你十五夜写的信，今天上午收到了。信必是十六发的，五天就到，邮局懂事得很。那么，我十四发的信，你自然也一定收到在今天之前。我先以为见你的信,总得在廿二三左右,因为路上有八天好停顿的,不料今日就见信,这真使我意外的欢喜,不可以言语形容。

路上有熟人遇见,省得寂寞,甚好;能睡,更好。我希望你在家时也挪出些工夫来睡觉,不要拼命的写,做,干,想……

家里人杂,东西乱翻,你不妨检收停当,多带些要用的南来,难得的书籍,则或锁起,或带来,以免失落难查。客来是无法禁阻的,你回去暂时,能不干涉最好,省得淘气,倘自伤精神,就更不合算了。

我这几天经验下来,夜间不是一二时醒,就是三四时醒,这是由于习惯的,但醒过几夜,第三夜即可睡至天明补足,如昨夜至今晨就是。我写给你的信,将生活状况一一叙述,务求其详,大体是好的,即或少睡,也是偶然,并非天天如此。你切不可于言外推测,如来信云我在十二时尚未睡,其实我十二时是总在熟睡中的。

上海这两天晴,甚和暖,但一到下雨,却又相差二十多度了。

H.M. 五,廿,下午二时。

（十二）

H.D：

　　昨天上午寄上一函，想已到。十点左右有沉钟社的人来访我，至午邀我至中央公园去吃饭，一直谈到五点才散。内有一人名郝荫潭，是女师大学生，但是新的，我想你未必认识罢。中央公园昨天是开放的，但到下午为止，游人不多，风景大略如旧，芍药已开过，将谢了，此外则"公理战胜"的牌坊上，添了许多蓝地白字的标语。

　　从公园回来之后，未名社的人来访我了，谈了一点钟。他们去后，就接到你的十九，二十所写的两函。我毫不"拼命的写，做，干，想，……"至今为止，什么也不想，干，写……。昨天因为说话太多了，十点钟便睡觉，一点醒了一次，即刻又睡，再醒已是早上七点钟，躺到九点，便是现在，就起来写这信。

　　绍平的信，吞吞吐吐，初看颇难解，但一细看，就知道那意思是想将他的译稿，由我为之设法出售，或给北新，或登《奔流》，而又要居高临下，不肯自己开口，于是就写成了那样子。但我是决不来做这样傻子的了，莫管目前闲事，免惹他日是非。

今天尚无客来,这信安安静静的写到这里,本可以永远写下去,但要说的也大略说过了,下次再谈罢。

L.五月廿五日上午十点钟。

(十三)

H.D：

此刻是二十五日之夜的一点钟。我是十点钟睡着的,十二点醒来了,喝了两碗茶,还不想睡,就来写几句。

今天下午,我出门时,将寄你的一封信投入邮筒,接着看见邮局门外贴着条子道："奉安典礼放假两天。"那么,我的那一封信,须在二十七日才会上车的了。所以我明天不再寄信,且待"奉安典礼"完毕之后罢。刚才我是被炮声惊醒的,数起来共有百余响,亦"奉安典礼"之一也。

我今天的出门,是为士衡寻地方去的,和幼渔接洽,已略有头绪;访凤举却未遇。途次往孔德学校,去看旧书,遇金立因,胖滑有加,唠叨如故,时光可惜,默不与谈;少顷,则朱山根叩门而入,见我即踟蹰不前,目光如鼠,终即退去,状极可笑也。他的北来，是为了觅饭碗的，志在燕大，否则清华，人地相宜，大有希望云。

傍晚往未名社闲谈，知燕大学生又在运动我去教书，先令宗文劝诱，我即谢绝。宗文因吞吞吐吐说，彼校教授中，本有人早疑心我未必肯去，因为在南边有唔唔唔……。我答以原因并不在"在南边有唔唔唔……"，那非大树，不能迁移，那是也可以同到北边的，但我也不来做教员，也不想说明别的原因之所在。于是就在混沌中完结了。

明天是星期日，恐怕来访之客必多，我要睡了。现在已两点钟，遥想你在"南边"或也已醒来，但我想，因为她明白，一定也即睡着的。

二十五夜。

星期日上午，因为葬式的行列，道路几乎断绝交通，下午可以走了，但只有紫佩一人来谈，所以我能够十分休息。夜十点入睡，此刻两点又醒了，吸一枝烟，照例是便能睡着的。明天十点要去镶牙，所以就将闹钟拨在九点上。

看现在的情形，下月之初，火车大概还可以走，倘如此，我想坐六月三日的通车回上海，即使有耽误之事，六日总该可以到了罢——倘若不去访上遂。但这仍须临时再行决定，因为距今还有十天，变化殊不可测也。

明天想当有信来，但此信我当于上午先行发出。

二十六夜二点半。
ELEF.

（十四）

EL：L．！

昨天正午得到你十五日的信，我读了几遍，愈读愈想在那里面找出什么东西似的，好似很清楚，又似很模糊，恰如其人的声音笑貌，在离开以后的情形一样。打开信来，首先看见的自然是那三个通红的枇杷。这是我所喜欢的东西，即如昨天去寄信，也带了许多回来，大家大吃了一通。阿菩昨天身热得很厉害，什么都不要吃，见了枇杷，才高兴起来，连吃几个，随后研究出她是要出牙齿了的缘故，到今天还在痛，在吃苦。然而那时枇杷的力量却如此其大，我也是喜欢的人，你却首先选了那种花样的纸寄来了。其次是那两个莲蓬，并题着的几句，都很好，我也读熟了。你是十分精细的，那两张纸必不是随手捡起就用的。

你的日记也被人翻过了么？因记起前月已从隔壁的木匠那里租了空屋，也许因为客房不够住，要将不大使用的东西送到那里去存放罢。倘如此，则无人照管，必易失落，要先事预防才好。是否应该先行声明一下，说将来你的书籍不要挪动，我想说过总比不说要好一些，未知你以为何如？

我昨夜睡得很好，今日也醒得并不早，以后或者会照此下去也不可知。今天仍在做生活，是织小毛绒背心，快成功了。

你近来比初到时安静些么？你千万要想起我所希望的意思，自己好好地。

H.M. 五月廿一下午四时十分。

（十五）

D.H.M：

今天——二十七日——下午，果然收到你廿一日所发信。我十五日信所用的笺纸，确也选了一下，觉得这两张很有思想的，尤其是第二张。但后来各笺，却大抵随手取用，并非幅幅含有义理，你不要求之过深，百思而不得其解，以致无端受苦为要。

阿菩如此吃苦，实为可怜，但既是出牙，则也无法可想，现在必已全好了罢。我今天已将牙齿补好，只花了五元，据云将就一二年，即须全盘做过了。但现在试用，尚觉合适。晚间是徐旭生张凤举等在中央公园邀我吃饭，也算饯行，因为他们已都相信我确无留在北平之意。同席约十人。总算为士衡寻得了一个饭碗。

旭生说，今天女师大因两派对于一教员之排斥和挽留，发生冲突，有甲者，以钱袋击乙之头，致乙昏厥过去，抬入医院。小姐们之挥拳，在北平似以此为嚆矢云。

明天拟往东城探听船期，晚则幼渔邀我夜饭；后天往北大讲演；大后天拟赴西山看韦漱园。这三天中较忙，也许未必能写什么信了。

计我回北平以来，已两星期，除应酬之外，读书作文，一点也不做，且也做不出来。那间灰棚，一切如旧，而略增其萧瑟，深夜独坐，时觉过于森森然。幸而来此已两星期，距回沪之期渐近了。新租的屋，已说明为堆什物及住客之用，客厅之书不动，也不住人。

此刻不知你睡着还是醒着。我在这里只能遥愿你天然的安眠,并且人为的保重。

L.五月廿七夜十二时。

(十六)

D.H：

廿一日所发的信,是前天到的,当夜写了一点回信,于昨天寄出。昨今两天,都未曾收到来信,我想,这一定是因为葬式的缘故,火车被耽搁了。

昨天下午去问日本船,知道从天津开行后,因须泊大连两三天,至快要六天才到上海。我看现在,坐车还不妨,所以想六月三日动身,顺便看看上遂,而于八日或九日抵沪。倘到下月初发见不宜于坐车,那时再改走海道,不过到沪又要迟几天了。总之,我当择最妥当的方法办理,你可以放心。

昨天又买了些笺纸,这便是其一种,北京的信笺收集,总算告一段落了。

晚上是在幼渔家里吃饭,马珏还在生病,未见,病也不轻,但据说可以没有危险。谈了些天,回寓时已九点半。十一点睡去,一直睡到今天七点钟。

此刻是上午九点钟，闲坐无事，写了这些。下午要到未名社去，七点起是在北大讲演。讲毕之后，恐怕还有尹默他们要来拉去吃夜饭。倘如此，则回寓时又要十点左右了。

D.H.ET D.L.，我是好的，很能睡，饭量和在上海时一样，酒喝得极少，不过一小杯葡萄酒而已。家里有一瓶别人送的汾酒，连瓶也没有开。倘如我的预计，那么，再有十天便可以面谈了。D.H.，愿你安好，并保重为要。

EL. 五月廿九日。

（十七）

D.EL.，D.L.！

现时是廿二夜九时三刻，晚饭后我收拾收拾东西，看看文法，想到写，就写一些。但不知你此时饭后是在谈天，还是在做什么的。今天我很盼望信，虽然明知道你没得闲空，并且说过信会隔得长久些，写得简单些，但我总觉得你话虽如此，其实是一有工夫，总会写的，因此就难免有所希望了。而况十五来信之后，你的情形也十分令人挂念，会不会颓唐廿多天呢！……

昨日下午四时发信后，收到韩君从东京寄来的《近代英文学史》一本，矢野峰人著。今天又收到一张明信片，是西湖艺术院在沪展览，请参观的。

　　昨今上午，我都照常做生活，起居如常。下半天到大马路一趟，买了些粗布之类。自你去后，花钱不少，都是买那些小东西用的，东西买来不多，用款不少，真难为人也。

廿二日十时。
D.EL., D.B.!

　　今天又候了一天信。其实你十五那封信，我廿日收到，到现在还不过三天，但不知何故我总在盼望着。你近日精神可好？我的信总不知不觉的带些伤感的成分，会不会使你难受？D.EL.，我真记挂你。但你莫以为全因那封信的情形之故，其实无论如何，人不在眼前，总是要记挂的。

　　李执中君五月廿日在北平中山公园来今雨轩结婚，喜柬今天寄到了。不知道你在北平遇见了他没有？昨天你是否忙着吃喜酒去，要是你们已经遇见了的话。今日又收到《北新》第八号一本。

　　昨夜十时写完上面的几个字，就睡下了。夜里阿菩因为嘴痛，哭得很厉害，但我醒不多久便又睡去，不似前几天从两三点一直醒到天亮的那么窘了。早上总起得早，大抵是七点多。日间在楼下做些活计，夜里看书，平常多是关起门来，较为清净，这是我向来的脾气，倒也耐得过去，何况日子也过去了三分之一了呢。中山灵榇南下期间，我想，津浦路总该平安的，此后就难说。你南来时，务必斟酌而行为要。

祝你安善。

H.M. 五月廿三下午六时。

（十八）

D.EL：

我盼了两天信，计期应该会到了，果然，今天收到你十七夜写的信。如果照十五夜那信一样快，我这两天的苦不至于吃了，原因是在前一信五天到，快得喜出望外，这回七天到，就觉着不应该了，都是邮局的作弄，以后我当耐心地等候。至于你，则不必连睡也不睡来执笔的。

明天是礼拜六，这是第二个礼拜了，过得似乎也快，又似乎慢。

北平并不萧条,倒好,因为我也视它如故乡的,有时感情比真的故乡还要好,还要留恋,因为那里有许多使我记念的经历存留着。

上海也还好,不过太喧噪了,这几天天已晴,颇热,几如过夏,蚊子也多起来了,围着坐处要吃人。昨夜八时多,忽然鞭爆声大作,有似度岁,又似放枪,先不知其故,后见邻居仍然歌舞升平,吃食担不绝于门外,知是无事。今日看报,才知月蚀,其社会可知矣。

我眠食都好,日间仍编衣服,赵公送来《奇剑及其他》十本,信已转交。闻下星期一,章公与程公将对簿于公庭云。

H.M. 五月廿四夜九时卅分。

(十九)

此刻是二十九夜十二点,原以为可得你的来信的了,因为我料定你于廿一日的信以后,必已发了昨今可到的两三信,但今未得,这一定是被奉安列车耽搁了,听说星期一的通车,也还没有到。

今天上午来了一个客。下午到未名社去,晚上他们邀我去吃晚饭，在东安市场森隆饭店，七点钟到北大第二院演讲一小时，听者有千余人，大约北平寂寞已久，所以学生们很以这类事为新鲜了。八时，尹默凤举等又为我饯行，仍在森隆，不得不赴，但吃得少些，十一点才回寓。现已吃了三粒消化丸，写了这一张信，即将睡觉了，因为明天早晨，须往西山看韦漱园去。

今天虽因得不到来信，稍觉怅怅，但我知道迟延的原因，所以睡得着的，并祝你在上海也睡得安适。

L. 二十九夜。

三十日午后二时，我从西山访韦漱园回来，果然得到你的廿三及廿五日两封信，彼此都为邮局寄递之忽迟忽早所捉弄，真是令人生气。但我知道你已经收到我的信，略得安慰，也就借此稍稍自慰了。

今天我是早晨八点钟上山的，用的是摩托车，霁野等四人同去。漱园还不准起坐，因日光浴，晒得很黑，也很瘦，但精神却好，他很喜欢，谈了许多闲天。病室壁上挂着一幅陀斯妥夫斯基的画像，我有时瞥见这用笔墨使读者受精神上的苦刑的名人的苦脸，便仿佛记得有人说过，漱园原有一个爱人，因为他没有全愈的希望,已与别人结婚;接着又感到他将终于死去——这是中国的一个损失——便觉得心脏一缩,暂时说不出话,然而也只得立刻装出欢笑,除了这几刹那之外,我们这回的聚谈是很愉快的。

他也问些关于我们的事,我说了一个大略。他所听到的似乎还有许多谣言,但不愿谈,我也不加追问。因为我推想得到,这一定是几位教授所流布,实不过怕我去抢饭碗而已。然而我流宕三年了,并没有饿死,何至于忽而去抢饭碗呢,这些地方,我觉得他们实在比我小气。

今天得小峰信,云因战事,书店生意皆不佳,但由分店划给我二百元。不过此款现在还未交来。

你廿五的信今天到,则交通无阻可知,但四五日后就又难说,三日能走即走,否则当改海道,不过到沪当在十日前后了。总之,我当选一最安全的走法,决不冒险,千万放心。

L.五月卅日下午五时。

(二十)

D.EL：

今早八点多起来，阿菩推开门交给我你廿一写的信，另外一封是玉书的，又一份《华北日报》。

我前回太等信了，苦了两天，这回廿四收过信，安心些了，而今天又得信，也是"使我怎样意外地高兴呀"。

前天发你信后，得到通知，知道冯家姑母已到上海，要见见面，早粥后我就往南方中学去，谈了大半天。昨天她又来看我。她过些时又要往庐山去了，今天她来，我也许同她到外面去吃一餐夜饭。

星六（廿五）收到锌版十块，连书一并交给赵公了。昨日收到《良友》一，《新女性》一，又《一般》三本，并不衔接的。

母亲高年，你回去不多几天，最好多同她谈谈，玩玩，使她欢喜。

看来信，你似很忙于应酬，这也是没法的事，久不到北平，熟人见见面，也是好的，而且也借此可消永昼。我有时怕你跑来跑去吃力，但有时又愿意你到外面走走，既可变换视听,又可活动身体,你实在也太沉闷了。这两种意思正相矛盾,颇可笑,但在北平的日子少,或者还不如多到外面走走罢。

上海当阴雨时,还穿绒线衫,出了太阳,才较热。北京的天气却已经如此热了么?幸而你衣服多带了几件去,否则真有些窘了。书能带,还是理出些好,自己找书较易。小峰无消息。《奔流》稿没有来。

H.M. 廿七上午十时十分。

(二十一)

D.EL:

昨早发了一信,回来看看报。午饭后不多久,姑母临寓,教我整衣,同往南翔去。先雇黄包车至北站,买火车票不过两角多,十五分到真茹,停五分,再十多分钟就到南翔了。其地完全是乡村景象,田野树木,举目皆是,居民大有上古遗风,淳厚之至。人家较杭州所见尤为乡气,门户洞开,绝无森严紧张状态。有居沪之外人,于此立别墅者,星期日来,去后门加锁键,一隔多日,了无变故。且交通便利,火车之外,小河四通八达。鱼虾极新鲜,生活便宜,酒菜一席不过六元,已堪果腹。地价每亩只三百金，再加数百建筑费，便成住宅，故房租亦廉，每室二元，每一幢房，有花园及卧室甚大，也不过十余或二十元；至三十元，则是了不得的大房子了。将来马路修成，长途汽车由真茹通至此地，也许顿成闹市，但现在却极为清幽。我们缓步游赏，时行时息，择一饭店吃菜，面，灌汤包子等，用钱二元，四人已食之不尽，有带走的，比起上海来，真可谓便宜之至了。六时余回车站，候八时车，而车适误点，过了九时始到，回沪已经十点多钟了。此行甚快活，近来未有的短期惬意小旅行也。归寓稍停即睡，亦甚安。今天上午代姑母写了几封信，并略谈数年经历，她甚快慰，谓先前常常以我之孤子独立为念，今乃如释重负矣，云云。她待我是出心的好，但日内就要往九江去了。今日三先生送来《东方》《新女性》各一本。昨日又收到季先生由巴黎寄来的木刻画集两本，并有信，恐怕寄失，留着待你回来再看罢。

　　　　　H.M. 五月廿八晚九时差十分。

(二十二)

D.L.ET D.H.M：

现在是三十日之夜一点钟,我快要睡了。下午已寄出一信,但我还想讲几句话,所以再写一点——

前几天,春菲给我一信,说他先前的事,要我查考鉴察。他的事情,我来"查考鉴察"干什么呢,置之不答。下午从西山回,他却已等在客厅中,并且知道他还先曾向母亲房里乱闯,大家都吓得心慌意乱,空气甚为紧张。我即出而大骂之,他竟毫不反抗,反说非常甘心。我看他未免太无刚骨,而他自说其实是勇士,独对于我,却不反抗。我说,我是愿意人对我反抗,不合则拂袖而去的。他却道正因为如此,所以佩服而愈不反抗了。我只得为之好笑,乃送而出之大门之外,大约此后当不再来缠绕了罢。

晚上来了两个人,一个是忙于翻检电码之静农,一个是帮我校过《唐宋传奇集》之建功,同吃晚饭,谈得很为畅快,和上午之纵谈于西山,都是近来快事。他们对于北平学界现状,似俱不欲多言,我也竭力避开这题目。其实,这是我到此不久,便已感觉了出来的:南北统一后,"正人君子"们树倒猢狲散,离开北平,而他们的衣钵却没有带走,被先前和他们战斗的有些人拾去了。未改其原来面目者,据我所见,殆惟幼渔兼士而已。由是又悟到我以前之和"正人君子"们为敌,也失之不通世故,过于认真,所以现在倒非常自在,于衮衮诸公之一切言动,全都漠然。即下午之呵斥春菲,事后思之,也觉得大可不必。因叹在寂寞之世界里,虽欲得一可以对垒之真敌人,亦不易也。

这两星期以来,我一点也不颓唐,但此刻想到你之采办布帛之类,先事经营,却实在觉得一点凄苦。这种性质,真是怎么好呢?我应该快到上海,去约制她。

三十日夜一点半。

D.H.,三十一日晨被母亲叫醒,睡眠时间缺少了一点,所以晚上九点钟便睡去,一觉醒来,此刻已是三点钟了。泡了一碗茶,坐在桌前,想起 H.M. 大约是躺着,但不知道是睡着还是醒着。五月卅一这一天,没有什么事,只在下午有三个日本人来看我所搜集的关于佛教石刻拓本,以为已经很多,力劝我作目录,这是并不难的,于学术上也许有点用处,然而我此刻也并无此意。晚间紫佩来,已为我购得车票,是三日午后二时开,他在报馆里,知道车还可以坐,至多,不过误点(迟到)而已。所以我定于三日启行,有一星期,就可以面谈了。此信发后,拟不再寄信,如果中途去访上遂,自然当从那里再发一封。

EL. 六月一日黎明前三点。

D.S：

写了以上的几行信以后,又写了几封给人的回信,天也亮起来了,还有一篇讲演稿要改,此刻大约是不能睡的了,再来写几句——

我自从到此以后,总计各种感受,知道弥漫于这里的,依然是"敬而远之"和倾陷,甚至于比"正人君子"时代还要分明——但有些学生和朋友自然除外。再想上去,则我的创作和编著一发表,总有一群攻击或嘲笑的人们,那当然是应该的,如果我的作品真如所说的庸陋。然而一看他们的作品,却比我的还要坏；例如,小说史罢,好几种出在我的那一本之后,而凌乱错误,更不行了。这种情形,即使我大胆阔步,小觑此辈,然而也使我不复专于一业,一事无成。而且又使你常常担心,"眼泪往肚子里流"。所以我也对于自己的坏脾气,时时痛心，想竭力的改正一下。我想，应该一声不响，来编《中国字体变迁史》或《中国文学史》了。然而那里去呢？在上海，创造社中人一面宣传我怎样有钱，喝酒，一面又用《东京通信》诬栽我有杀戮青年的主张，这简直是要谋害我的生命，住不得了。北京本来还可住，图书馆里的旧书也还多，但因历史关系，有些人必有奉送饭碗之举，而在别一些人即怀来抢饭碗之疑，在瓜田中，可以不纳履，而要使人信为永不纳履是难的，除非你赶紧走远。D.H.，你看，我们到那里去呢？我们还是隐姓埋名，到什么小村里去，一声也不响，大家玩玩罢。

　　D.H.M.ET D.L.，你不要以为我在这里时时如此呆想，我是并不如此的。这回不过因为睡够了，又值没有别的事，所以就随便谈谈。吃了午饭以后，大约还要睡觉。行期在即，以后也许要忙一些。小米（H.吃的），棒子面（同上），果脯等，昨天都已买齐了。

　　这封信的下端，是因为加添两张，自己拆过的。

L. 六月一日晨五时。

爱眉小札·书信（节选）

徐志摩

（一）
三月三日志摩临行出国前写给小曼女士的第一封信

小曼：

这实在是太惨了，怎叫你我的爱不难受？假如你这番深沉的冤屈有人写成了小说故事，一定可使千百个同情的读者滴泪，何况今天我处在这最尴尬最难堪的地位，怎禁得不咬牙切齿的恨、肝肠迸裂的痛心呢？真的太惨了，我的乖，你前生作的是什么孽，今生要你来受这样惨酷的报应？无端折断一枝花，尚且是残忍的行为，何况这生生地糟蹋一个最美最纯洁最可爱的灵魂。真是太难了，你的四周全是铜墙铁壁，你便有翅膀也难飞，咳，眼看着一只洁白美丽的稚羊让那满面横肉的屠夫擎着利刀向着她刀刀见血地蹂躏谋杀——旁边站着不少的看客，那羊主人也许在内，不但不动怜惜之心，反而称赞屠夫的手段，好像他们都挂着馋涎想分尝美味的羊羔哪！咳，这简直不能想，实有的与想象的悲惨的故事我亦闻见过不少，但我的爱，你现在所身受的却是谁都不曾想到过的，更有谁有胆量来写？我倒劝你早些看哈代那本 *Jude the Obscure* 吧，那书里的女子 Sue 你一定很同情她，哈代写的结果叫人不忍卒读，但你得明白作者的意思，将来有机会我对你细讲。

咳，我真不知道你申冤的日子在哪一天！实在是没有一个人能明白你，不明白也算了，一班人还来绝对地冤你，阿呸，狗屁的礼教，狗屁的家庭，狗屁的社会，去你们的，青天里白白地出太阳，这群人血管的血全是冰凉的！我现在可以放怀地对你说，我腔子里一天还有热血，你就一天有我的同情与帮助。我大胆地承受你的爱，珍重你的爱，永葆你的爱，我如其凭爱的恩惠还能从我性灵里放射出一丝一缕的光亮，这光亮全是你的,你尽量用吧!假如你能在我的人格思想里发现有些许的滋养与温暖,这也全是你的,你尽量使他!最初我听见人家诬蔑你的时候,我就热烈地对他们宣言,我说你们听着,先前我不认识她,我没有权利替她说话,现在我认识了她,我绝对地替她辩护,我敢说女人的心曾经有过纯洁的,她的就是一个。(Her heart is as pure and unsoiled as any women's heart can be, andher soul as noble.)现在更进一层了,你听着这分别,先前我自己仿佛站得高些,我的眼是往下望的,那时我怜你惜你疼你的感情是斜着下来到你身上的,渐渐的我觉得我的看法不对,我不应得站得比你高些,我只能平看着你。我站在你的正对面,我的泪丝的光芒与你的泪丝的光芒针对地交换着,你的灵性渐渐地化入了我的,我也与你一样觉悟了一个新来的影响,在我的人格中四布地贯彻——现在我连平视都不敢了,我从你的苦恼与悲惨的情感里憬悟了你的高洁的灵魂的真际,这是上帝神光的反映,我自己不由得低降了下去,现在我只能仰着头献给你我有限的真情与真爱,声明我的惊讶与赞美。不错,勇敢,胆量,怕什么?前途当然是有光亮的,没有也得叫他有。一个灵魂有时可以到最黑暗的地狱里去游行,但一点神灵的光亮却永远在灵魂本身的中心点着——况且你不是确信你已经找着了你的真归宿、真想望，实现了你的梦？来，让这伟大的灵魂的结合毁灭一切的阻碍，创造一切的价值，往前走吧，再也不必迟疑！

你要告诉我什么，尽量地告诉我，像一条河流似的尽量把他的积聚交给无边的大海，像一朵高爽的葵花，对着和暖的阳光一瓣瓣地展露她的秘密。你要我的安慰，你当然有我的安慰，只要我有我能给。你要什么有什么，我只要你做到你自己说的一句话——"Fight On"——即使命运叫你在得到最后胜利之前碰着了不可躲避的死，我的爱，那时你就死，因为死就是成功，就是胜利。一切有我在，一切有爱在。同时你努力的方向得自己认清，再不容丝毫的含糊，让步牺牲是有的，但什么事都有个限度，有个止境。你这样一朵稀有的奇葩，决不是为一对不明白的父母、一个不了解的丈夫牺牲来的。你对上帝负有责任，你对自己负有责任，尤其你对于你新发现的爱负有责任，你以往的牺牲已经足够，你再不能轻易糟蹋一分半分的黄金光阴。人间的关系是相对的，应职也有个道理，灵魂是要救度的，肉体也不能永远让人家侮辱蹂躏，因为就是肉体也是含有灵性的。

总之一句话：时候已经到了，你得 Assert your

ownpersonality。你的心肠太软，这是你一辈子吃亏的原因，但以后可再不能过分地含糊了，因灵与肉实在是不能绝对分家的，要不然 Nora 何必一定得抛弃她的家，永别她的儿女，重新投入渺茫的世界里去？她为的就是她自己人格与性灵的尊严，侮辱与蹂躏是不得容许的。且不忙慢慢地来，不必悲观，不必厌世，只要你抱定主意往前走，决不会走过头，前面有人等着你。

以后的信，你得好好地收藏起来，将来或许有用，在你申冤出气时的将来，但暂时决不可泄露，切切！

摩　一九二五年三月三日

（二）

三月四日志摩临行出国前写给小曼女士的第二封信

小龙：

你知道我这次想出去也不是十二分心愿的，假定老翁的信早六个星期来时，我一定绝无顾恋地想法走了完事，但我的胸坎间不幸也有一个心，这个脆弱的心又不幸容易受伤，这回的伤不瞒你说又是受定的了，所以我即使走也不免咬一咬牙齿忍着些心痛的。这还是关于我自己的话，你对我委实有些不放心，不是别的，单怕你有限的勇气敌不过环境的压迫力，结果你竟许多少不免明知故犯，该走一百里路也只能走满三四十里，这是可虑的。

龙呀，你不知道我怎样深刻地期望你勇猛地上进，怎样地相信你确有能力发展潜在的天赋，怎样地私下祷祝有哪一天叫这浅薄的恶俗的势利的"一般人"开着眼惊讶，闭着眼惭愧——等到那一天实现时，那不仅是你的胜利也是我的荣耀哩！聪明的小曼：千万争这口气才是！我常在身旁自然多少于你有些帮助，但暂时分别也有绝大的好处，我人去了，我的思想还是在着，只要你能容受我的思想。我这回去是补足我自己的教育，我一定加倍地努力吸收可能的滋养，我可以答应你我决不枉费我的光阴与金钱，同时我当然也期望你加倍地勤奋，认清应走的方向，做一番认真的工夫试试，我们总要隔了半年再见时彼此无愧才好。你的情形固然不同，但你如其真有深彻的觉悟时，你的生活习惯自然会得改变的，我信 F 也能多少帮助你。

我并不愿意做你的专制皇帝，落后叫你害怕讨厌，但我真想相当地督饬着你，如其你过分顽皮时，我是要打的！有一件事不知你能否做到,如能倒是件有益而且有趣的事,我想要你写信给我,不是平常的写法,我要你当作日记写,不仅记你的起居等,并且记你的思想情感——给我当然最好,就是不寄也好,留着等我回来时一总看,先生再批分数,你如其能做到这点意思,那我就高兴而且放心了。同时我当然有信给你,不能怎样的密,因为我在旅行时怕不能多写,但我答应选我一路感到的一部分真纯思想给你,总叫你得到了我的消息,至少暂时可以不感觉寂寞,好不好,曼?关于游历方面,我已经答应做《现代评论》的特约通讯员,大概我人到眼到的事物多少总有报告,使我这里的朋友都能分沾我经验的利益。

  顶要紧的是你得拉紧你自己,别让不健康的事物引诱摇动你,别让消极的意念过分压迫你,你要知道我们一辈子果然能真相知真了解,我们的牺牲、苦恼与努力,也就不算是枉费的了。

摩　三月四日

(三)

三月十日志摩临行出国前写给小曼女士的第三封信

龙龙：

我的肝肠寸寸地断了，今晚再不好好地给你一封信，再不把我的心给你看，我就不配爱你，就不配受你的爱。我的小龙呀，这实在是太难受了，我现在不愿别的，只愿我伴着你一同吃苦——你方才心头一阵阵地作痛，我在旁边只是咬紧牙关闭着眼替你熬着，龙呀，让你血液里的讨命鬼来找我吧，叫我眼看你这样生生地受罪，我什么意念都变了灰了！你吃现鲜鲜的苦是真的，叫我怨谁去？

离别当然是你今晚纵酒的大原因，我先前只怪我自己不留意，害你吃成这样，但转想你的苦，分明不全是酒醉的苦，假如今晚你不喝酒，我到了相当的时刻得硬着头皮对你说再会，那时你就会舒服了吗？再回头受逼迫的时候，就会比醉酒的病苦强吗？咳，你自己说得对，顶好是醉死了完事，不死也得醉，醉了多少可以自由发泄，不比死闷在心窝里好吗？所以我一想到你横竖是吃苦，我的心就硬了。我只恨你不该留这许多人一起喝，人一多就糟，要是单是你与我对喝，那时要醉就同醉，要死也死在一起，醉也是一体，死也是一体，要哭让眼泪和成一起，要心跳让你我的胸膛贴紧在一起，这不是在极苦里实现了我们想望的极乐，从醉的大门走进了大解脱的境界，只要我们灵魂合成了一体，这不就满足了我们最高的想望吗？

啊，我的龙，这时候你睡熟了没有？你的呼吸调匀了没有？你的灵魂暂时平安了没有？你知不知道你的爱正在含着两眼热泪在这深夜里和你说话，想你、疼你、安慰你、爱你？我好恨呀，这一层的隔膜，真的全是隔膜，这仿佛是你淹在水里挣扎着要命，他们却掷下瓦片石块来算是救度你。我好恨呀，这酒的力量还不够大，方才我站在旁边我是完全准备了的，我知道我的龙儿的心坎儿只嚷着"我冷呀，我要他的热胸膛偎着我；我痛呀，我要我的他搂着我；我倦呀，我要在他的手臂内得到我最想望的安息与舒服！"——但是实际上我只能在旁边站着看，我稍微地一帮助就受人干涉，意思说"不劳费心，这不关你的事，请你早去休息吧，她不用你管！"哼，你不用我管！我这难受，你大约也有些觉着吧！

方才你接连了叫着，"我不是醉，我只是难受，只是心里苦"，你那话一声声像是钢铁锥子刺着我的心：愤、慨、恨、急的各种情绪就像潮水似的涌上了胸头。那时我就觉得什么都不怕，勇气像天一般的高，只要你一句话出口什么事我都干！为你我抛弃了一切，只是本分为你我，还顾得什么性命与名誉——真的假如你方才说出了一半句着边际着颜色的话，此刻你我的命运早已变定了方向都难说哩！

你多美呀，我醉后的小龙，你那惨白的颜色与静定的眉目，使我想象起你最后解脱时的形容，使我觉着一种逼迫赞美崇拜的激震，使我觉着一种美满的和谐——龙我的至爱，将来你永诀尘俗的俄顷，不能没有我在你的最近的边旁，你最后的呼吸一定得明白报告这世间你的心是谁的，你的爱是谁的，你的灵魂是谁的！龙呀，你应当知道我是怎样的爱你，你占有我的爱、我的灵、我的肉、我的"整个儿"。永远在我爱的身旁旋转着，永久地缠绕着，真的龙龙，你已经激动了我的痴情。我说出来你不要怕，我有时真想拉你一同死去，去到绝对的死的寂灭里去实现完全的爱，去到普遍的黑暗里去寻求唯一的光明——咳，今晚要是你有一杯毒药在近旁，此时你我竟许早已在极乐世界了。说也怪，我真的不沾恋这形式的生命，我只求一个同伴，有了同伴我就情愿欣欣地瞑目。龙龙，你不是已经答应做我永久的同伴了吗？我再不能放松你，我的心肝，你是我的，你是我这一辈子唯一的成就，你是我的生命、我的诗。

你完全是我的,一个个细胞都是我的——你要说半个不字叫天雷打死我完事。

我在十几个钟头内就要走了,丢开你走了,你怨我忍心不是?我也自认我这回不得不硬一硬心肠,你也明白我这回去是我精神的与知识的"散拿吐瑾"。我受益就是你受益,我此去得加倍地用心,你在这时期内也得加倍地奋斗,我信你的勇气,这回就是你试验、实证你勇气的机会,我人虽走,我的心不离开你,要知道在我与你的中间有的是无形的精神线,彼此的悲欢喜怒此后是会相通的,你信不信?(身无彩凤双飞翼,心有灵犀一点通。)我再也不必嘱咐,你已经有了努力的方向,我预知你一定成功,你这回冲锋上去,死了也是成功!有我在这里,阿龙,放大胆子,上前去吧,彼此不要辜负了,再会!

摩 三月十日早三时

我不愿意替你规定生活,但我要你注意缰子一次拉紧了是松不得的,你得咬紧牙齿暂时对一切的游戏娱乐应酬说一声再会,你干脆地得谢绝一切的朋友。你得彻底地刻苦,你不能纵容你的 whims,再不能管闲事,管闲事空惹一身骚,也再不能发脾气。记住,只要你耐得住半年,只要你决意等我,回来时一定使你满意欢喜，这都是可能的。天下没有不可能的事——只要你有信心，有勇气，腔子里有热血，灵魂里有真爱。龙呀！我的孤注就押在你的身上了！

如再失望，我的生机也该灭绝了。

最后一句话：只有S是唯一有益的真朋友。

三月十日早

（四）
三月十日离京赴欧途中在奉天寄给小曼女士的信

方才无数美丽的雅致的信笺都叫你们抢了去，害我一片纸都找不着，此刻过西北时写一张字条给丁在君是撕下一张报纸角来写的，你看这多窘。幸亏这位先生是丁老夫子的同事，说来也是熟人，承他作成，翻了满箱子替我寻出这几张纸来，要不然我到奉天前只好搁笔，笔倒有，左边小口袋内就是一排三支。

方才那百子放得恼人，害得我这铁心汉也觉着有些心酸，你们送客的有掉眼泪的没有？（啊啊臭美！）小曼，我只见你双手掩着耳朵，满面的惊慌，惊了就不悲，所以我推想你也没掉眼泪，但在满月夜分别，咳！我孤孤单单地一挥手，你们全站着看我走，也不伸手来拉一拉，样儿也不装装，真可气。我想送我的里面，至少有一半是巴不得我走的，还有一半是"你走也好，走吧"。车出了站，我独自地晃着脑袋，看天看夜，稍微有些难受，小停也就好了。

我倒想起去年五月间那晚我离京向西时的情景：那时更凄怆些，简直的悲，我站在车尾巴上，大半个黄澄澄的月亮在东南角上升起，车轮阁的阁的响着，W还大声地叫"徐志摩哭了"（不确），但我那时虽则不曾失声，眼泪可是有的。怪不得我，你知道我那时是怎样的心理，仿佛一个在俄国吃了大败仗往后退的拿破仑，天茫茫，地茫茫，心更茫茫，叫我不掉眼泪怎么着？但今夜可不同，上次是向西，向西是追落日，你碰破了脑袋都追不着；今晚是向东，向东是迎朝日，只要你认定方向，伸着手膀迎上去，迟早一轮旭红的朝日会得涌入你的怀中的。这一有希望，心头就痛快，暂时的小悱恻也就上口有味。半酸不甜的。生滋滋的像是啃大鲜果，有味！

娘那里真得替我磕脑袋道歉，我不但存心去恭恭敬敬地辞行，我还预备了一番话要对她说呢，谁知道下午六神无主地把她忘了，难怪令尊大人相信我是荒唐，这还不够荒唐吗？你替我告罪去，我真不应该，你有什么神通，小曼，可以替我

"包荒"？

天津已经过了（以上是昨晚写的，写至此，倦不可支，闭目就睡，睡醒便坐着发呆地想，再隔一两点钟就过奉天了）。韩所长现在车上，真巧，这一路有他同行，不怕了。方才我想打电话，我的确打了，你没有接着吗？往窗外望，左边黄澄澄的土直到天边，右边黄澄澄的地直到天边，这半天，天色也不清明，叫人看着生闷。方才遥望锦州城那座塔，有些像西湖上那座雷峰，像那倒塌了的雷峰，这又增添了我无限的惆怅，但我这独自的吁嗟，有谁听着来？

你今天上我的屋子里去过没有？希望沈先生已经把我的东西收拾起来，一切零星小件可以塞在那两个手提箱里，没有钥匙，贴上张封条也好，存在社里楼上我想够妥当了。还有我的书顶好也想法子点一点。你知道我怎样的爱书，我最恨叫人随便拖散，除了一两个我准许随便拿的（你自己一个）之外，一概不许借出，这你得告诉沈先生。至少得过一个多月才能盼望看你的信，这还不是刑罚！你快写了寄吧，别忘 Via Siboria，要不是一封信就得走两个月。

志摩　星二奉天

（五）
三月十二日出国途中在哈尔滨寄给小曼女士的信

叫我写什么呢？咳！今天一早到哈，上半天忙着换钱，一个人坐着吃过两块糖，口里怪腻烦的，心里很不好过。国境不曾出，已经是举目无亲的了，再下去益发凄惨，赶快写信吧，干闷着也不是道理。但是写什么呢？写感情是写不完的，还是写事情的好。

日记大纲

星一　　松树胡同七号分臟，车站送行百子响，小曼掩耳朵。

星二　　睡至十二时正，饭车里碰见老韩，夜十二时到奉天，住日本旅馆。

星三　　早上大雪缤纷，独坐洋车进城闲逛，三时与韩同行去长春。车上赌纸牌，输钱，头痛。看两边雪景，一轮日。夜十时换俄国车吃美味柠檬茶。睡着小凉，出涕。

星四　　早到哈，韩待从甚盛。去懋业银行，予犹太鬼换钱买糖，吃饭，写信。

韩事未了，须迟一星期。我先走，今晚独去满洲里，后日即入西伯利亚了。这次是命定不得同伴，也好，可以省唾液，少谈天，多想，多写，多读。真倦，才在沙发上入梦，白日又沉西，距车行还有六个钟头叫我干什么去？

说话一不通，原来机灵人，也变成了木松松。我本来就机灵，这一来去俄国真像呆徒了。今早撞进一家糖果铺去，一位卖糖的姑娘黄头发白围裙，来得标致。我从晓风里进来，本有些冻嘴，见了她爽性愣住了，愣了半天，不得要领，她都笑了。

不长胡子真吃亏，问我哪儿来的，我说北京大学，谁都拿我当学生看。今天早上在一家钱铺子里一群犹太人，围着我问话，当然只当我是个小孩，后来一见我护照上填着"大学教授"，他们一齐吃惊，改容相待，你说不有趣吗？我爱这儿尖屁股的小马车，顶好要一个戴大皮帽的大俄鬼子赶，这满街乱跳，什么时候都可以翻车，看了真有意思，坐着更好玩。中午我闯进一家俄国饭店，一大群涂脂抹粉的俄国女人全抬起头看我，吓得我直往外退出门逃走了。我从来不看女人的鞋帽，今天居然看了半天，有一顶红的真俏皮。寻书铺，不得。我只好寄一本糖书去，糖可真坏，留着那本书吧。这信迟四天可以到京，此后就远了，好好地自己保重吧，小曼，我的心神摇摇的仿佛不曾离京，今晚可以见你们似的，再会吧！

摩 三月十二日

（六）
三月十四日在满洲里途中寄给小曼女士的信

小曼：

　　昨夜过满洲里，有冯定一招呼，他也认识你的。难关总算过了，但一路来还是小心翼翼的只怕"红先生"们打进门来麻烦，多谢天，到现在为止，一切平安顺利。今天下午三时到赤塔，也有朋友来招呼，这国际通车真不坏，我运气格外好，独自一间大屋子，舒服极了。我闭着眼想，假如我有一天与"她"度蜜月，就这西伯利亚也不坏。天冷算什么？心窝里热就够了！路上饮食可有些麻烦，昨夜到今天下午简直没东西吃，我这茶桶没有茶灌顶难过，昨夜真饿，翻箱子也翻不出吃的来，就只陈博生送我的那罐福建肉松伺候着我，但那干束束的，也没法子吃。想起倒有些怨你青果也不曾给我买几个。上床睡时没得睡衣换，又得怨你那几天你出了神，一点也不中用了。但是我决不怪你，你知道，我随便这么说就是了。

同车有一个意大利人极有趣，很谈得上。他的胡子比你头发多得多，他吃烟的时候我老怕他着火，德国人有好几个，蠢的多，中国人有两个（学生），不相干。英美法人一个都没有。再过六天，就到莫斯科，我还想到彼得堡去玩哪！这回真可惜了，早知道西伯利亚这样容易走，我理清一个提包，把小曼装在里面带走不好吗？不说笑话，我走了以后你这几天的生活怎样的过法？我时刻都惦记着你，你赶快写信寄英国吧，要是我人到英国没有你的信，那我可真要怨了。你几时搬回家去，既然决定搬，早搬为是，房子收拾整齐些，好定心读书做事。这几天身体怎样？散拿吐瑾一定得不间断地吃，记着我的话！心跳还来否？什么细小事情都愿意你告诉我。能定心地写几篇小说，不管好坏，我一定有奖。你见着的是哪几个人，戏看否？早上什么时候起来，都得告诉我。我想给晨报写通讯，老是提心不起，火车里写东西真不容易，家信也懒得写，可否恳你的情，常常为我转告我的客中情形，写信寄浙江硖石徐申如先生。说起我临行忘了一本金冬心梅花册，他的梅花真美，不信我画几朵你看。

摩　三月十四日

（七）
三月十八日赴欧途中在俄国西伯利亚铁路寄给小曼女士的信

小曼：

　　好几天没信寄你，但我这几天真是想家得厉害。每晚（白天也是的）一闭上眼就回北京，什么奇怪的花样都会在梦里变出来。曼，这西伯利亚的充军，真有些苦，我又晕车，看书不舒服，写东西更烦，车上空气又坏，东西也难吃，这真是何苦来。同车的人不是带着家眷便是回家去的，他们在车上多过一天便离家近一天，就只我这傻瓜甘心抛去暖和热闹的北京，到这荒凉境界里来叫苦！

　　再隔一个星期到柏林，又得对付她了。小曼，你懂的不是？这一来柏林又变了一个无趣味的难关，所以总要到意大利等着老头以后，我才能鼓起游兴来玩。但这单身的玩，兴趣终是有限的，我要是一年前出来，我的心里就不同，那时倒是破釜沉舟的决绝，不比这一次身心两处，梦魂都不得安稳。

　　但是曼，你们放心，我决不颓丧，更不追悔，这次欧游的教育是不可少的，稍微吃点子苦算什么，那还不是应该的。你知道我并没有多么不可动摇的大天才，我这两年的文字生活差不多是逼出来的,要不是私下里吃苦,命途上颠仆,谁知道我灵魂里有没有音乐?安乐是害人的,像我最近在北京的生活是不可以为常的,假如我新月社的生活继续下去,要不了两年,徐志摩不堕落也堕落了,我的笔尖上再也没有光芒,我的心上再没有新鲜的跳动,那我就完了——"泯然众人矣"!到那时候我一定自惭形秽,再也不敢谬托谁的知己,竟许在政治场中鬼混,涂上满面的窑煤——咳,那才叫作出丑哩!要知道堕落也得有天才,许多人连堕落都不够资格。我自信我够,所以更危险。因此我力自振拔,这回出来清一清头脑,补足了我的教育再说——爱我的,期望我成才的,都好像是我的恩主,又像债主,我真的又感激又怕他们!小曼,你也得尽你的力量帮助我往清明的天空上腾,谨防我一滑足陷入泥深潭,从此不得救度。小曼,你知道我绝对不慕荣华,不羡名利——我只求对得起我自己。

将来我回国后的生活,的确是问题,照我自己的理想,简直想丢开北京,你不知道我多么爱山林的清静。前年我在家乡山中,去年在庐山时,我的性灵是天天新鲜天天活动的。创作是一种无上的快乐,何况这自然而然像山溪似的流着——我只要一天出产一首短诗,我就满意。所以我很想望欧洲回去后到西湖山里（离家近些）去住几时。但须有一个条件，至少得有一个人陪着我。在山林清幽处与一如意友人共处——是我理想的幸福，也是培养、保全一个诗人性灵的必要生活，你说是否，小曼？

朋友像S.M他们，固然他们也很爱我器重我，但他们却不了解我——他们期望我做一点事业，譬如要我办报等等，但他们哪能知道我灵魂的想望？我真的志愿，他们永远端详不到的。男朋友里真望我的，怕只有B.一个，女友里S.是我一个同志，但我现在只想望"她"能做我的伴侣，给我安慰，给我快乐，除了"她"这茫茫大地上叫我更问谁要去？

这类话暂且不提，我来讲些车上的情形给你听听——我上一封信上不是说在这国际车上我独占一大间卧室舒服极了不是？好，乐极生悲，昨晚就来了报应！昨夜到一个大站，那地名不知有多长，我怎样也念不上来。未到以前就有人来警告我说前站有两个客人上车，你的独占得满期了。我就起了恐慌，去问那和善的老车役，他张着口对我笑笑说："不错，有两个客人要到你房里，而且是两位老太太！"（此地是男女同房的，不管是谁！）我说你不要开玩笑，他说："那你看着，要是老太太还算是你的幸气，在这样荒凉的地方，哪里有好客人来。"

过了一程，车到了站。我下去散步回来，果然，房间里有了新来的行李，一只帆布提箱，两大铺盖，一只篾篮装食物的，我看这情形不对，就问间壁房里的人来了些什么客人，间壁住了肥美的德国太太，回答我"来人不是好对付的，先生这回怕要受苦了！"不像是好对付的，唉？来了，两位，一矮，一高，矮的青脸，高的黑脸，青的穿黑，黑的穿青，一个像老母鸭，一个像猫头鹰，衣襟上都戴着列宁小照的御章，分明是红党里的将军！

我马上赔笑脸，凑上去说话，不成，高的那位只会三句英语，青脸的那位一字不提，说了半天，不得要领。再过一歇，他们在饭厅里，我回房，老车役进来铺床，他就笑着问我："那两位老太太好不好？"我恨恨地说："别趣了，我真着急，不知来人是什么路道？"正说时，他掀起一个垫子，露出两柄明晃晃上足子弹的手枪，他就拿在手里，一头笑着说："你看，他们就是这个路道！"

今天早上醒来，恭喜我的头还是好好地在我的脖子上安着。小曼，你要看了他们两位好汉的尊容，准吓得你心跳，浑身抖擞！俄国的东西贵死了，可恨！车里饭坏得不成话，贵得更不成话，一杯可可五毫钱像泥水，还得看崽者大爷们的嘴脸！地方是真冷，决不是人住的！一路风景可真美，我想专写一封《晨报》通讯，讲西伯利亚。

小曼，现在我这里下午六时，北京约在八时半，你许正在吃饭，同谁？讲些什么？为什么我听不见？咳！我恨不得——不写了。一心只想到狄更生那里看信去！

志摩　三月十八日 Omsk

（八）
三月二十六日在柏林寄给小曼女士的信

小曼：

柏林第一晚。一时半。方才送 C 女士回去，可怜不幸的母亲，三岁的小孩子只剩了一撮冷灰，一周前死的。她今天挂着两行眼泪等我，好不凄惨。只要早一周到，还可见着可爱的小脸儿，一面也不得见，这是从哪里说起？他人缘倒有，前天有八十人送他的殡，说也奇怪，凡是见过他的，不论是中国人德国人，都爱极了他，他死了街坊都出眼泪，没一个不说的不曾见过那样聪明可爱的孩子。曼，你也没福，否则你也一定乐意看见这样一个孩儿的——他的相片明后天寄去，你为我珍藏着吧。真可怜，为了他的病也不知有几十晚不曾合眼，瘦得像什么似的，她到这时还不能相信，昏昏的只似在梦中过活。小孩儿的保姆比她悲伤更切。她是一个四十左右的老姑娘，先前爱上了一个人，不得回音，足足地痴等了六七年，好容易得着了宝贝，容受她母性的爱。她整天地在他身上用心尽力，每晚每早为他祷告，如今两手空空的，两眼汪汪的，连祷告都无从开口，因为上帝待她太惨酷了。我今天赶来哭他，半是伤心，半是惨目，也算是天罚我了。

唉！家里有电报去，堂上知道了更不知怎样的悲惨，急切又没有相当人去安慰他们，真是可怜！曼！你为我写封信去吧，好吗？听说泰谷尔也在南方病着，我赶快得去，回头老人又有什么长短，我这回到欧洲来，岂不是老小两空！而且我生怕这兆头不好呢。

C可是一个有志气有胆量的女子，她这两年来进步不少，独立的步子已经站得稳，思想确有通道，这是朋友的好处，老K的力量最大，不亚于我自己的。她现在真是"什么都不怕"，将来准备丢几个炸弹，惊惊中国鼠胆的社会，你们看看吧！

柏林还是旧柏林，但贵贱差得太远了，先前花四毛现在得花六元八元，你信不信？

小曼，对不起你，收到这样一封悲惨乏味的信，但是我知道你一定生气我补这句话，因为你是最柔情不过的，我掉眼泪的地方你也免不了掉，我闷气的时候你也不免闷气，是不是？

今晚与 C 看《茶花女》的乐剧解闷，闷却并不解。明儿有好戏看，那是萧伯纳的 *Jean Darc*（《圣女贞德》），柏林的咖啡（叫 Macca）真好，Peach Melba 也不坏，就是太贵。

今年江南的春梅都看不到，你多多寄些给我才是！

志摩　三月廿六日

（九）
四月十日在伦敦寄给小曼女士的信

小曼：

我一个人在伦敦瞎逛，现在在"采花楼"一个人喝乌龙茶等吃饭。再隔一点钟，去看 John Barrymore 的 *Hamlet*。这次到英国来就为看戏。你要一时不得我的信，我怕你有些着急，我也不知怎的总是懒得动笔，虽则我没有一天不想把那天的经验整个儿告诉你。说也奇怪，我还是每晚做梦回北京，十次里有九次见着你，每次的情形，总令人难道。真的。像 C 他们说我只到欧洲来了一双腿,"心"有别用的,还说肠胃都不曾带来,因为我胃口不好!你们那里有谁做梦会见我的魂?我也愿意知道。我到现在还不曾接到中国来的半个字,怕掉了,我真着急。我想别人也许没有信,小曼你总该有,可是到哪一天才能得到你的信我自己都不知道!我这次来一路上坟送葬,惘惘极了,我有一天想立刻买票到印度去还了心愿完事,又想立刻回头赶回中国,也许有机会与你一同到小林深处过夏去,强过在欧洲做流氓。其实到今天为止我也是没有想定要流到哪里去,感情是我的指南,冲动是我的风!

这永远是今日不知明日事的办法。印度我总得去,老头在不在我都得去。在这位菩萨面前许不得心愿不要紧。照我现在的主意竟是至迟六月初动身到印度,八九月间可回国,那就快乐了。

我前晚到伦敦的,这里大半朋友全不在,春假旅行去了。只见着那美术家 Roger Fry、翻译中国诗的 Arther Waley。昨晚我住在他那里,今晚又得做流氓了。今天看完了戏,明早就是黎张女士等着要跟我上意大利玩去,我们打算先玩威尼斯,再去佛洛伦萨与罗马,她只有两星期就得回柏林去上学,我一个人还得往南。想 Sicily 去洗澡,再回头来。我这一时一点心的平安都没有，烦极了，"先生"那里信也一封没有着笔，诗半行也没有——如其有什么可提的成绩，也许就只是晚上的梦，那倒不少，并且多的是花样，要是有法子理下来时，早已成书了。

这回旅行太糟了，本来的打算多如意多美，泰谷尔一跑，我就没了落儿，我倒不怨他，我怨的是他的书记那恩厚之小鬼，一面催我出来，一面让老头回去，也不给我个消息，害我白跑一趟。同时他倒舒服，你知道他本来是个不名一文的光棍，现在可大抖了，他做了 Mrs.Willard 的老爷，她是全世界最富女人的其中一个，在美国顶有名的。这小鬼不是平地一声雷，脑袋上都装了金了吗？我有电报给他，已经四天了，也不得回电，想是在蜜月里蜜昏了，哪曾得我在这儿空宕。

小曼你近来怎样？身体怎样？你的心跳病我最怕，你知道你每日一发病，我的心好像也掉了下去似的。近来发不发？我盼望不再来了。你的心绪怎样？这话其实不必问，不问我也猜得着。真是要命，这距离不是假的，一封信来回，至少得四十天，我问话也没有用，还不如到梦里去问吧！说起现在无线电的应用真是可惊，我在伦敦可以听到北京饭店礼拜天下午的音乐或是旧金山市政所里的演说，你说奇不奇？现在德国差不多每家都装了听音机,就是限制(每天报什么时候听什么)并且自己不能发电,将来我想无线电话有了普遍的设备,距离与空间就不成问题了。

比如我在伦敦,就可以要北京电话,与你直接谈天你说多美!

在曼殊斐儿坟前写的那张信片到了没有?我想另作一首诗。

但是你可知道她的丈夫已经再娶了,也是一个有钱的女人。那虽则没有什么,曼殊斐儿也不会见怪,但我总觉得有些尴尬,我的东道都输了。你那篇 Something Childish 改好没有?近来做些什么事?英国寒碜得很,没有东西寄给你,到了意大利再寄好玩儿的给你,你乖乖地等着吧!

摩　四月十日伦敦

(十)
六月二十五日在巴黎寄给小曼女士的信

我唯一的爱龙,你真得救我了!我这几天的日子也不知怎样过的,一半是痴子,一半是疯子,整天昏昏的,惘惘的,只想着我爱你,你知道吗?早上梦醒来,套上眼镜,衣服也不换就到楼下去看信——照例是失望,那就好比几百斤的石子压上了心去,一阵子悲痛,赶快回头躲进了被窝,抱住了枕头叫着我爱的名字,心头火热的,浑身冰冷的,眼泪就冒了出来,这一天的希冀又没了。说不出的难受,恨不得睡着从此不醒,做梦倒可以自由些。龙呀,你好吗?为什么我这心惊肉跳的一息也忘不了你,总觉得有什么事不曾做妥当或是你那里有什么事似的。龙呀,我想死你了,你再不救我,谁来救我?为什么你信寄得这样稀?笔这样懒?我知道你在家忙不过来,家里人烦着你,朋友们烦着你,等得清静的时候你自己也倦了。但是你要知道你那里日子过得容易,我这孤鬼在这里,把一个心悬在那里收不回来,平均一个月盼不到一封信,你说能不能怪我抱怨?龙呀,时候到了,这是我们,你与我,自己顾全自己的时候,再没有工夫去敷衍人了。现在时候到了,你我应当再也不怕得罪人——哼,别说得罪人,到必要时天地都得捣烂他哪!

龙呀,你好吗?为什么我心里老是这怔怔的?我想你亲自给我一个电报,也不曾想着——我倒知道你又做了好几身时式的裙子!你不能忘我,爱,你忘了我,我的天地都昏黑了。你一定骂我不该这样说话,我也知道,但你得原谅我,因为我其实是急慌了。(昨晚写的墨水干了所以停的。)

Z走后我简直是"行尸走肉",有时到塞茵河边去看水,有时到清凉的墓园里默想。这里的中国人,除了老K都不是我的朋友,偏偏老K整天做工,夜里又得早睡,因此也不易见着他。昨晚去听了一个Opera叫*Tristan et Isolde*。音乐、唱都好,我听着浑身只发冷劲,第三幕Tristan快死的时候,Isolde从海湾里转出来拼了命来找她的情人,穿一身浅蓝带长袖的罗衫——我只当是我自己的小龙,赶着我不曾脱气的时候,来搂抱我的躯壳与灵魂——那一阵子寒冰刺骨似的冷,我真的变了戏里的Tristan了!

那本戏是最出名的"情死"剧(Love Death),Tristan与Isolde因为不能在这世界上实现爱,他们就死,到死里去实现更绝对的爱,伟大极了,猖狂极了,真是"惊天动地"的概念,"惊心动魄"的音乐。龙,下回你来,我一定伴你专看这戏,现在先寄给你本子,不长,你可以先看一遍。你看懂这戏的意义,你就懂得恋爱最高、最超脱、最神圣的境界,几时我再与你细谈。

龙儿,你究竟认真看了我的信没有?为什么回信还不来?你要是懂得我、信我,那你决不能再让你自己多过一半天糊涂的日子。我并不敢逼迫你做这样、做那样，但如果你我间的恋情是真的，那它一定有力量，有力量打破一切的阻碍，即使得渡过死的海，你我的灵魂也得结合在一起——爱给我们勇，能勇就是成功，要大抛弃才有大收成，大牺牲的决心是进爱境唯一的通道。我们有时候不能因循，不能躲懒，不能姑息，不能纵容"妇人之仁"。现在时候到了，龙呀，我如果往虎穴里走（为你），你能不跟着来吗？

我心思杂乱极了，笔头上也说不清，反正你懂就好了，话本来是多余的。

你决定的日子就是我们理想成功的日子——我等着你的信号，你给W看了我给你的信没有？我想从后为是，尤是这最后的几封信，我们当然不能少他的帮忙，但也得谨慎，他们的态度你何不讲给我听听。

照我的预算在三个月内（至多）你应该与我一起在巴黎！

你的心他　六月廿五日

(十一)
五月二十六日在斐伦翠寄给小曼女士的信

小曼：

适之的回电来后，又是四五天了，我早晚忧巴巴的只是盼着信，偏偏信影子都不见，难道你从四月十三写信以后，就没有力量提笔？W[①]的信是二十三，正是你进协和的第二天，他说等"明天"医生报告病情，再给我写信，只要他或你自己上月寄出信，此时也该到了，真闷煞人！

回电当然是个安慰，否则我这几天哪有安静日子过？电文只说"一切平安"，至少你没有危险了是可以断定的，但你的病情究竟怎样？进院后医治见效否？此时已否出院？已能照常行动否？我都急得要知道，但急偏不得知道，这多别扭！

小曼：这回苦了你，我想你病中一定格外地想念我，你哭了没有？我想一定有的，因为我在这里只要上床一时睡不着，就叫曼，曼不答应我，就有些心酸，何况你在病中呢？早知你有这场病，我就不应离京，我老是怕你病倒，但是总希望你可

---

① 信中"W"代指胡适。

以逃过，谁知你还是一样吃苦，为什么你不等着我在你身边的时候生病？

这话问得没理，我知道我也不一定会得侍候病人，但是我真想倘如有机会伴着你养病，就是乐趣。你枕头歪了，我可以替你理正，你要水喝，我可以拿给你，你不厌烦我念书给你听，你睡着了我轻轻地掩上了门，有人送花来我给你装进瓶子去，现在我没福享受这种想象中的逸趣，将来或许我病倒了，你来伴我也是一样的。你此番病中有谁侍候着你？娘总常常在你身边，但她也得管家，朋友中大约有些人是常来的，你病中感念一定很多，但不想也就忘了。

近来不说功课，不说日记，连信都没有，可见你病得真乏了。你最后倚病勉强写的那两封信，字迹潦草，看出你腕劲一些也没有，真可怜，曼呀，我那时真着急，简直怕你死，你可不能死，你答应为我活着。你现在又多了一个仇敌——病，那也得你用意志力量来奋斗的，你究竟年轻，你的伤损容易养得过来的，千万不要过于伤感。病中面色是总不好看的，那也没法，你就少照镜子，等精神回来的时候，再自己看自己也不迟。你现在虽则瘦，还是可以恢复你的丰腴的，只要你生活根本地改样。我月初连着寄的长信，应该连续地到了，但你的回信不知要到什么时候才来？想着真急。据有人说娘疑心我的信激成你的病的，所以常在那里查问我。我的信不会丢漏的么？我盼望寄你的信只有你看见再没有第二人看，不是看不得，是不愿意叫人家随便讲闲话，是真的。但你这回可真得坚决了，我上封信要你跟W来欧，你仔细想过没有？这是你一生的一个大关键。俗语说的快刀斩乱丝，再痛快不过的。我不愿意你再有踌躇，上帝帮助能自助的人，只要你站起来就有人在你前面领路。W真是"解人"，要不是他，岂不是我你在两地着急，叫天天不应的多苦。现在有他做你的红娘，你也够放心，我真盼望你们俩一同到欧洲来，我一定请你们喝香槟接风，有好消息时，最好打电报来就可以。B在瑞士，月初或到斐伦翠来，我们许同游欧洲再报告你。盼望你早已健全，我永远在你的身边，我的曼。

摩　五月二十六日

致萧军（节选）

萧 红

（一）

均：

　　今天我才是第一次自己出去走个远路，其实我看也不过三五里，去的是神保町，那地方的书局很多，也很热闹，但自己走起来也总觉得没什么趣味，想买点什么，也没有买，又沿路走回来了。觉得很生疏，街路和风景都不同，但有黑色的河，那和徐家汇一样，上面是有破船的，船上也有女人、孩子，也是穿着破烂衣裳，并且那黑水的气味也一样，像这样的河巴黎也会有！

你的小伤风既然伤了许多日子也应该管他，吃点阿司匹林吧！一吃就好。

现在我庄严地告诉你一件事情，在你看到之后一定要在回信上写明！就是第一件你要买个软枕头，看过我的信就去买！硬枕头使脑神经很坏。你若不买，来信也告诉我一声，我这边买两个给你寄去，不贵，并且很软。第二件你要买一张当作被子来用的有毛的那种单子，就像我带来的那样的，不过更该厚点。你若懒得买，来信也告诉我，也为你寄去。还有，不要忘了夜里不要（吃）东西。没有了。以上这就是所有的这封信上的重要事情。

照相机你现在也有用了，再寄一些照片来。我在这里多少有点苦寂，不过也没什么，多写些东西也就添补起来了。

旧地重游是很有趣的，并且有那样可爱的海！你现在一定洗海澡去了好几次了？但怕你没有脱衣裳的房子。

你再来信说你这样好那样好，我可说不定也去，我的稿费也可以够了。你怕不怕？我是和你开玩笑，也许是假玩笑。

你随手有什么我没看过的书也寄一本两本来！实在没有书读，越寂寞就越想读书，一天晚上不说话，再加上一天到晚也不看一个字我觉得很残忍，又像我从前在旅馆一个人住着的那个样子。但有钱，有钱除掉吃饭也买不到别的趣味。

祝好。

萧上

八月十七日

（二）

均：

我和房东的孩子很熟了，那孩子很可爱，黑的，好看的大眼睛，只有五岁的样子，但能教我单字了。

这里的蚊子非常大，几乎使我从来没有见过。

那回在游泳池里，我手上受的那块小伤，到现在还没有好。肿一小块，一触即痛。现在我每日二食，早食一毛钱，晚食两毛或一毛五，中午吃面包或饼干。或者以后我还要吃得好点，不过，我一个人连吃也不想吃，玩也不想玩，花钱也不愿花。你看，这里的任何公园我还没有去过一个，银座大概是漂亮的地方，我也没有去过，等着吧，将来日语学好了再到处去走走。

你说我快乐地玩吧！但那只有你，我就不行了，我只有工作，睡觉，吃饭，这样是好的，我希望我的工作多一点。但也觉得不好，这并不是正常的生活，有点类似放逐，有点类似隐居。你说不是吗？若把我这种生活换给别人，那不是天国了吗？其实在我也和天国差不多了。

你近来怎么样呢？信很少，海水还是那样蓝么？透明吗？浪大吗？劳山[①]也倒真好？问得太多了。

可是，六号的信，我接到即回你，怎么你还没有接到？这文章没有写出，信倒写了这许多。但你，除掉你刚到青岛的一封信，后来十六号的一封，再就没有了，今天已经是二十六日。我来在这里一个月零六天了。

现在放下，明天想起什么来再写。

今天同时接到你从劳山回来的两封信，想不到那小照相机还照得这样好！真清楚极了！什么全看得清，就等于我也逛了劳山一样。

说真话，逛劳山没有我同去，你想不到吗？

那大张的单人像，我倒不敢佩服，你看那大眼睛，大得我从来都没有看见过。

———————
① 劳山：崂山。

两片红叶子已经干干的了,我记得我初认识你的时候,你也是弄了两张叶子给我,但记不得那是什么叶子了。

孟①有信来,并有两本《作家》来。他这样好改字换句的,也真是个毛病。

"瓶子很大,是朱色,调配起来,也很新鲜,只是……"这"只是"是什么意思呢?我不懂。

花皮球走气,这真是很可笑,你一定又是把它压坏的。

还有可笑的,怎么你也变了主意呢?你是根据什么呢?那么说,我把写作放在第一位始终是对的。

我也没有胖也没有瘦,在洗澡的地方天天过磅。

对了,今天整整是二十七号,一个月零七天了。

西瓜不好那样多吃,一气吃完是不好的,放下一会再吃。

你说我滚回去,你想我了吗?我可不想你呢,我要在日本住十年。

我没有给淑奇②去信,因为我把她的地址忘了,商铺街十号还是十五号?还是内十五号呢?正想问你,下一信里告诉

---

① 孟:孟十还,原名孟斯根,辽宁人,翻译家。曾与鲁迅合作翻译果戈理的《死魂灵》。
② 淑奇:袁淑奇,萧红、萧军哈尔滨时期的友人。

我吧!

那么周[1]走了之后,我再给你信,就不要写周转了?

我本打算在二十五号之前再有一个短篇产生,但是没能够,现在要开始一个三万字的短篇了。给《作家》十月号。完了就是童话了。我这样童话来、童话去的,将来写不出,可应该觉得不好意思了。

东亚还不开学,只会说几个单字,成句的话,不会。房东还不错,总算比中国房东好。你等着吧!说不定那一个月,或那一天,我可真要滚回去的。到那时候,我就说你让我回来的。

不写了。

祝好。

吟

八月廿七(日)晚七时

你的信封上带一个小花我可很喜欢,起初我是用手去掀的。

东京趣町区富士见町二丁目九,五中村方

---

[1] 周:周学谱。

（三）

均：

　　不得了了！已经打破了纪录，今已经超出了十页稿纸。我感到了大欢喜。但，正在我写这信，外边是大风雨，电灯已经忽明忽灭了几次。我来了一个奇怪的幻想，是不是会地震呢？三万字已经有了二十六页了。不会震掉吧！这真是幼稚的思想。但，说真话，心上总有点不平静，也许是因为"你"不在旁边？

　　电灯又灭了一次。外面的雷声好像劈裂着什么似的！……我立刻想起了一个新的题材。

　　从前我对着这雷声，并没有什么感觉，现在不然了，它们都会随时波动着我的灵魂。

　　灵魂太细微的人同时也一定渺小，所以我并不崇敬我自己。我崇敬粗大的，宽宏的！……

　　我的表已经十点一刻了，不知你那里是不是也有大风雨？

　　电灯又灭了一次。

　　只得问一声晚安放下笔了。

　　　　　　　　　　　　　　　　　　　吟

　　　　　　　　　　　　　　　卅一日夜。八月

（四）

均：

　　这样剧烈的肚痛，三年前有过，可是今天又来了这么一次，从早十点痛到两点。虽然是四个钟头，全身就发抖了。洛定片，不好用，吃了四片毫没有用。

　　稿子到了四十页，现在只得停下，若不然，今天就是五十页，现在也许因为一心一意的缘故，创作得很快，有趣味。

　　每天我总是十二点或一点睡觉，出息得很，小海豹①也不是小海豹了，非常精神，早睡，睡不着反而乱想一些更不好。不用说，早晨起得还是早的。肚子还是痛，我就在这机会上给你写信，或者凡拉蒙吃下去会好一点，但，这回没有人给买了。

　　这稿既然长，抄起来一定错字不少，这回得特别加小心。

　　不多写了。我给你写的信也太多。

　　祝好。

　　　　　　　　　　　　　　　　　　　　吟

　　　　　　　　　　　　　　　　　　　九月二日

---

① 小海豹：萧军给萧红起的外号。

肚子好了。二日五时。

（五）

均：

你的照片像个小偷。你的信也是两封一齐到。（七日九日两封）

你开口就说我混账东西，好，你真不佩服我？十天写了五十七页稿纸。

你既然不再北去，那也很好，一个人本来也没有更多的趣味。牛奶我没有吃，力弗肝也没有买，因为不知道外国名字，又不知道卖西洋药的药房，这里对于西洋货排斥得很，不容易买到。肚子痛打止痛针也是不行，一句话不会说，并且这里的医生要钱很多。我想买一瓶凡拉蒙预备着下次肚痛，但不知到那里去买？想问问是无人可问的。

秋天的衣裳，没有买，这里的天气还一点用不着。

我临走时说要给你买一件皮外套，回上海后，你就要替我买给你自己。四十元左右。我的一些零碎的收入，不要他们寄来，直接你去取好了。

心情又闹坏了，不然这两天就要开始新的。但，停住了。睡觉也不好起来，想来想去。他妈的，再来麻烦，我可就不受了。

我给萧乾的文章，黄也一并交给黎了，你将来见到萧时，说一声对不住。

祝好。

荣子[1]

九月十四日

关于信封，你就一连串写下来好了，不必加点号。

（六）

均：

昨天和今天都是下雨，我上课回来是遇着毛毛雨，所以淋得不很湿。现在我有雨鞋了，但，是男人的样子，所以走在街上有许多人笑，这个地方就是如此守旧的地方，假若衣裳你不

---

[1] 荣子：萧红乳名荣华。

和她们穿得同样,谁都要笑你,日本女人穿西装,啰里啰唆,但你也必得和她一样啰唆,假若整齐一些,或是她们没有见过的,人们就要笑。

上课的时间真是够多的,整个下半天就为着日语消费了去。今天上到第三堂的时候,我的胃就很痛,勉强支持过来了。

这几天很凉了,我买了一件小毛衣(二元五),将来再冷,我就把大毛衣穿上。我想我的衣裳一定可以支持到下月半。

你替我买给你自己的外套,回去就应该买。

我很爱夜,这里的夜,非常沉静,每夜我要醒几次的,每醒来总是立刻又昏昏睡去,特别安静,又特别舒适。早晨也是好的,阳光还没晒到我的窗上,我就起来了,想想什么,或是吃点什么。这三两天之内,我的心又安然下来了。什么人什么命,吓了一下,不在乎。

孟有信来,说我回去吧!在这住有什么意思呢?

现在我一个人搭了几次高架电车,很快,并且还钻洞,我觉得很好玩,不是说好玩,而说有意思。因为你说过,女人这个也好玩那个也好玩。上回把我丢了,因为不到站我就下来了,走出了车站看看不对,那么往哪里走呢?我自己也不知道,瞎走吧,反正我记住了我的住址。可笑的是华在的时候,告诉我空中飞着的大气球是什么商店的广告，那商店就离学校不远，我一看到那大球，就奔着去了，于是总算没有丢。

信写到此地，季刊①来了。翻着看了半天，把那随笔二篇看了半天，其中很有情感，别无所取。

虹②没有信来，你告诉他也不要来信了，别人也告诉不要来信了。

这是你在青岛我给你的末一封信。再写信就是上海了。船上买一点水果带着，但不要吃鸡子，那东西不消化。饼干是可以带的。

祝好。

小鹅
九月二十一日

---

① 季刊：《文季月刊》。原为《文学季刊》，一九三四年一月一日创刊于北平，一九三五年十二月十六日停刊。一九三六年六月一日，在上海复刊，巴金、靳以合编。

② 虹：罗烽（1909—1991），原名傅乃琦，辽宁沈阳人。一九三五年加入"左联"，著有短篇小说集《呼兰河边》、中篇小说集《粮食》、剧本《台儿庄》等。

（七）

军：

　　关于周先生①的死，二十一日的报上，我就渺渺茫茫知道一点，但我不相信自己是对的，我跑去问了那唯一的熟人，她说："你是不懂日本文的，你看错了。"我很希望我是看错，所以很安心的回来了，虽然去的时候是流着眼泪。

　　昨夜，我是不能不哭了。我看到一张中国报上清清楚楚登着他的照片，而且是那么痛苦的一刻。可惜我的哭声不能和你们的哭声混在一道。

　　现在他已经是离开我们五天了，不知现在他睡到那里去了？虽然在三个月前向他告别的时候，他是坐在藤椅上，而且说："每到码头，就有验病的上来，不要怕，中国人就专会吓唬中国人，茶房就会说：验病的来啦！来啦！……"

　　我等着你的信来。

　　可怕的是许女士②的悲痛，想个法子，好好安慰着她，最好是使她不要静下来，多多地和她来往。过了这一个最难忍的

① 周先生：鲁迅。
② 许女士：许广平。

167

痛苦的初期，以后总是比开头容易平伏下来。还有那孩子[①]，我真不能够想象了。我想一步踏了回来，这想象的时间，在一个完全孤独了的人是多么可怕！

最后你替我去送一个花圈或是什么。

告诉许女士：看在孩子的面上，不要太多哭。

红

十月二十四日

（八）

均：

挂号信收到。四十一元二角五的汇票，明天去领。二十号给你一信，二十四又一信，大概也都收到了吧？

你的房子虽然贵一点，但也不要紧，过过冬再说吧，外国人家的房子，大半不坏，冬天装起火炉来，暖烘烘的住上三两月再说，房钱虽贵，我主张你是不必再搬的，一个人，还不比两个人，若冷清清地过着冬夜，那赶上上冰山一样了。也许你

---

① 孩子：鲁迅与许广平之子周海婴。

不然，我就不行，我总是这么没出息，虽然是三个月不见了，但没出息还是没出息。不过回去我是不回去的。奇来了时，你和明他们在一道也很热闹了。

钱到手就要没有的，要去买件夹外套，这几天就很冷了。余下的钱，我想在十一月一个整月就要不够。既住下去，钱少总害怕，而且怕生病，怕打仗。在这里是绝对孤独的。一百元不知能弄到不能？请你下一封信回我。总要有路费留在手里才放心。

这几天，火上得不小，嘴唇又全烧破了。其实一个人的死是必然的，但知道那道理是道理，情感上就总不行。我们刚来到上海的时候，另外不认识更多的一个人了。在冷清清的亭子间里读着他[1]的信，只有他，安慰着两个飘泊的灵魂！……写到这里鼻子就酸了。

均：童话未能开始，我也不再作那计划了，太难，我的民间生活不够用的。现在开始一个两万字的，大约下月五号完毕。之后，就要来一个十万字的了，在十二月以内可以使你读到原稿。

---

[1] 他：指鲁迅先生。

日语懂了一些了。

日本乐器,"筝"在我的邻居家里响着。不敢说是思乡,也不敢说是思什么,但就总想哭。

什么也不再写下去了。

河清①,我向你问好。

吟

十月廿九日

(九)

均:

因为夜里发烧,一个月来,就是嘴唇,这一块那一块的破着,精神也烦躁得很,所以一直把工作停了下来,想了些无用的和辽远的想头。

买了三张画,东墙上一张,北墙上一张。一张是一男一女在长廊上相会,廊口处站着一个弹琴的女人。还有一张是关于战争的,在一个破屋子里把花瓶打碎了,因为喝了酒,军人穿

---

① 河清:黄源。

着绿裤子就跳舞。我最喜欢的是第三张,一个小孩睡在檐下了,在椅子上,靠着软枕。旁边来了的大概是她的母亲,在栅栏外肩扛着大镰刀的大概是她的父亲。那檐下方块石头的廊道,那远处微红的晚霞,那茅草的屋檐,檐下开着的格窗,那孩子双双垂着的两条小腿,真是好。不瞒你说,因为看到了那女孩好像看到自己似的,我小的时候就是那样,所以我很爱她。

投主称王,这是要费一些心思的,但也不必太费,反正自己最重要的是工作,为大体着想,也是工作。聚合能工作一方面的,有个团体,力量可能充足,我想主要的特色是在人上,自己来罢,投什么主,谁配作主?去他妈的。说到这里,不能不伤心,我们的老将去了还不几天啊!

关于周先生的全集,能不能很快的集起来呢?我想中国人集中国人的文章总比日本集他的方便,这里,在十一月里他的全集就要出版,这真可佩服。我想找胡[1]、聂[2]、黄等诸人,立刻就商量起来。

《商市街》被人家喜欢,也很感谢。

---

[1] 胡:胡风。
[2] 聂:聂绀弩(1903—1986),现代散文家、诗人,湖北京山人。

莉①有信来，孩子死了，那孩子的命不大好，活着尽生病。

这里没有书看，有时候自己很生气。看看《水浒》吧！看着看着就睡着了，夜半里的头痛和噩梦对于我是非常坏。前夜就是那样醒来的，而不敢再睡了。

我的那瓶红色酒，到现在还是多半瓶，前天我偶然借了房东的锅子烧了点菜，就在火盆上烧的（对了，我还没有告诉你，我已经买了火盆，前天是星期日，我来试试）。小桌子，摆好了，但吃起来不是滋味，于是反受了感触，我虽不是什么多情的人，但也有些感触，于是把房东的孩子唤来，对面吃了。

地震，真是骇人，小的没有什么，上次震得可不小，两三分钟，房子咯咯地响着，表在墙上摇着。天还未明，我开了灯，也被震灭了，我梦里梦懵地穿着短衣裳跑下楼去。房东也起来了，他们好像要逃的样子，隔壁的老太婆叫唤着我，开着门，人却没有应声，等她看到我是在楼下，大家大笑了一场。

纸烟向来不抽了，可是近几天忽然又挂在嘴上。胃很好，很能吃，就好像我们在顶穷的时候那样，就连块面包皮也是喜欢的。点心之类，不敢买，买了就放不下。也许因为日本饭没

---

① 莉：白朗（1912—1994），现代小说家，原名刘东兰，辽宁沈阳人。

有油水的关系，早饭一毛钱，晚饭两毛钱，中午两片面包、一瓶牛奶。越能吃，我越节制着它。我想胃病好了也就是这个原因。但是闲饥难忍，这是不错的。但就把自己布置到这里了，精神上的不能忍也忍了下去，何况这一个饥呢？

又收到了五十元的汇票，不少了。你的费用也不小，再有钱就留下你用吧，明年一月末，照预算是够了的。

前些日子，总梦想着今冬要去滑冰，这里的别的东西都贵，只有滑冰鞋又好又便宜。旧货店门口，挂着的崭新的，简直看不出是旧货，鞋和刀子都好，十一元，还有八九元的也好。但滑冰场一点钟的门票五角，还离得很远，车钱不算，我合计一下，这干不得。我又打算随时买一点旧画，中国是没处买的，一方面留着带回国去，一方面围着火炉看一看，消消寂寞。

均，你是还没过过这样的生活，和蛹一样，自己被卷在茧里去了。希望固然有，目的也固然有，但是都那么远和那么大。人尽靠着远的和大的来生活是不行的，虽然生活是为着将来而不是为着现在。

窗上洒满着白月的当儿，我愿意关了灯，坐下来沉默一些时候，就在这沉默中，忽然像有警钟似的来到我的心上："这不就是我的黄金时代吗？此刻。"于是我摸着桌布，回身摸着藤椅的边沿，而后把手举到面前，模模糊糊的，但确认定这是自己的手，而后再看到那单细的窗棂上去。是的，自己就在日本，自由和舒适，平静和安闲，经济一点儿也不压迫，这真是黄金时代，是在笼子过的。从此我又想到了别的，什么事来到我这里就不对了，也不是时候了。对于自己的平安，显然是有些不惯，所以又爱这平安，又怕这平安。

均，上面又写了一些怕又引起你误解的一些话，因为一向你看得我很弱。

前天我还给奇一信。这信就给她看看吧！

许君处，替我问候。

吟

十一月十九日

（十）

三朗：

我忽然间想起来了，姚克[①]不是在电影方面活动吗？那个

---

① 姚克（1905—1991）：翻译家、剧作家，原名姚志伊、姚莘农，笔名姚克。

《弃儿》的脚本，我想一想很够一个影戏的格式，不好再修改和整理一下给他去上演吗？得进一步，就进一步，除开文章的领域，再另外抓到一个启发人们灵魂的境界。况且在现时代影戏也是一大部分传达情感的好工具。

这里，明天我去听一个日本人的讲演，是一个政治上的命题。我已经买了票，五角钱，听两次，下一次还有郁达夫，听一听试试。

近两天来，头痛了多次，有药吃，也总不要紧，但心情不好，这也没什么，过两天就好了。

《桥》①也出版了？那么《绿叶的故事》②也出版了吧？关于这两本书我的兴味都不高。

现在我所高兴的就是日文进步很快，一本《文学案内》翻来翻去，读懂了一些。是不错，大半都懂了，两个多月的工夫，这成绩，在我就很知足了。倒是日语容易得很，别国的文字，读上两年也没有这成绩。

---

① 《桥》：萧红散文、短篇小说集，一九三六年十一月由上海文化生活出版社出版，署名悄吟。
② 《绿叶的故事》：萧军诗歌、散文合集，一九三六年十二月由上海文化生活出版社出版。

许的信,还没写,不知道说什么好,我怕目的是想安慰她,相反的,又要引起她的悲哀来。你见着她家的那两个老娘姨也说我问她们好。

你一定要去买一个软一点的枕头,否则使我不放心,因为我一睡到这枕头上,我就想起来了,很硬,头痛与枕头大有关系。

黑人现在怎么样?

我对于绘画总是很有趣味,我想将来我一定要在那上面用功夫的。我有一个到法国去研究画的欲望,听人说,一个月只要一百元。我这个地方也要五十元的。况且在法国可以随时找点工作。

现在我随时记下来一些短句,我不寄给你,打算寄给河清,因为你一看,就非成了"寂寂寞寞"不可,生人看看,或者有点新的趣味。

到墓地去烧刊物[①],这真是"洋迷信","洋乡愚",说来又伤心,写好的原稿也烧去让他改改,回头再发表吧!烧刊物虽愚蠢,但情感是深刻的。

---

① 烧刊物:萧军在鲁迅逝世周月时,到鲁迅墓地把新出版的《作家》《译文》《中流》各烧了一本。

这又是深夜，并且躺着写信。现在不到十二点，我是睡不下的，不怪说，作了"太太"就愚蠢了，从此看来，大半是愚蠢的。

祝好。

荣子

十一月廿四日

云鸥情书（节选）

庐　隐

（一）

云：

今晚电话里你说曾寄信给我，当时我很急地跑回家，而信还没有送到，不知你什么时候寄的。电话又坏了，听不清楚，真使人不高兴。

云，你知道我的心是怎样不安定呢。云，我常常虔诚地祈祷，我不希冀人间的富贵虚荣，我只愿我俩中间永远不要有一些隔膜，即使薄于蝉翼的薄膜也不能使它存在，你能允许我吗？

我来到世界上所经的坎坷太多了,并且愈向前走,同路的人愈少,最后我是孤单的,所以我常常拼命蹂躏自己。自从认识你以后,你是那样地同情我,慰藉我,使我绝处逢生,你想我将如何惊喜!我极想抓住你——最初我虽然不敢相信我能,但是现在我觉得我非抓住你不可,因为你,我可以增加生命的勇气与意义;因为你,我可以为世界所摒弃而不感到凄惶;因为你,我可以忍受人们的冷眼。在这个世界,只要有一个知己,便一切都可无畏,便永远不再感到孤单。云,你想我是怎样地需要你呢?

　　你今天回学校以后心情怎样?望你能安心写诗,能高兴生活。我今天也写了一些稿子,不过天气太热,下午人不大好过,曾经发过痧,但不久就好了。你的身体怎样呢?云,我时常念着你啊!

　　再谈吧,祝你高兴。

冷鸥

（二）

亲爱的：

我渴，我要喝翡翠叶上的露珠；我空虚，我要拥抱温软的玉躯；我眼睛发暗，我要看明媚的心光；我耳朵发聋，我要听神秘的幽弦。啊！我需要一切，一切都对我冷淡，可怜我，这几天的心彷徨于忧伤。

我悄对着缄默阴沉的天空虔诚的祷祝，我说："万能的主上帝，在这个世界里，我虽然被万汇摒弃，然而荼毒我的不应当是你，我愿将我的生命宝藏贡献在你的丹墀，我将终身作你的奴隶，只求你不要打破我幻影的倩丽！"

但是万能的主上帝说："可怜的灵魂啊，你错了，幸福与坎坷都在你自己。"

啊，亲爱的，我自从得到神明的诏示后，我不再作无益的悲伤了。现在我要支配我的生命，我要装饰我的生命，我便要创造我的生命。亲爱的，我们是互为生命光明的宝灯，从今后我将努力地扼住你在我空虚的心宫——不错，我们只是"一"，谁能够将我们分析？——只是恶剧惯作的撒旦，他用种种的法则来隔开我们，他用种种阴霾来遮掩我们，故意使我们猜疑，然而这又何济于事？法则有破碎的时候，阴霾有消散的一天，最后我们还是复归于"一"。亲爱的，现在我真的心安意定，我们应当感谢神明，是它给了我们绝大的恩惠。

我们的生命既已溶化为"一"，那里还有什么伤痕？即使自己抓破了自己的手，那也是无怨无忌，轻轻地用唇——温气的唇，来拭净血痕，创伤更变为神秘。亲爱的，放心吧，你的心情我很清楚，因为我们的心弦正激荡着一样的音浪。愿你千万不要为一些小事介意！

这几天日子过得特别慢，星期（天）太不容易到了。亲爱的，你看我是怎样地需要你呵。你这几天心情如何？

我祝福你

快乐！

鸥

（三）

异云——亲爱的：

我真不知道怎样安放我的心！

昨夜我是太兴奋了，一直被复杂的思想困苦着，我头疼心酸——今早醒来时，天上还没有太阳，只见凄凉的灰银色的天幕上缀着宵末残月——这个月下啊，我曾向它流过心的泪滴，它似乎不忍离开我，让我醒来时，再见着它——这时，我禁不住伏在枕上哭了。

唉，异云，我是春天的一只杜鹃鸟，在那时候虽然是被玫瑰荼蘼素馨眷爱，但是天啊，现在是秋天了，杜鹃鸟的本身除了为悼春而流的泪和血外，没有别的东西！

而且秋风落叶，甚至于黄花霜枫，它们都是用尽它们的残忍来压迫这可怜的落魄者——失掉春天的杜鹃鸟——而你呢？是一只了解愁苦的夜莺，并且你也是被一切苦难所压迫的逃难者。我们是在一个幽默的深夜中恰恰地遇见了。当你发出第一声叹息的时候，我的心就已经感到了痛楚，因此我们便不能再分开，我们发誓要互相慰藉，互相哀怜，但是风姨是多么刻薄，雪花是多么冷淡，她们时时肆口讽刺你。啊！异云，我为了这件于你的伤损，我看见我的心流过血，我现在愿意他们赦免了你而来加于我比讽刺更甚的毒害。唉，异云，真的，我不知道怎样来形容我心里的痛楚！

同时我也知道你为可怜我忍受一切的麻烦，有时你也为我流泪；但是我想来想去，我真对你不住。啊，异云，我现在祷祝皇天给你幸福，纵因此要我死一百次，我也甘愿！

异云啊，我从来没有遇见过对我人格的尊重和清楚更甚于你的人，换一句话说，我自入世以来只有你是唯一认识我而且同情我的人，因此我愿为你受尽一切的苦恼。

再谈吧，你的灵魂的恩人！

冷鸥

（四）

我的异云！

在我坐在冷情的书斋中碧纱窗前给你写信的时候，你大约正在满含秋意的郊原途上呢？啊，异云，我很深切地看见你那一双多感情而神秘的眸子向云天怅望，你好像要从凝结的白云背后寻视你的冷鸥呢。

唉，爱人，我现在更相信我们是这世界中唯一的伴侣了，因为我们都在追求生命的奥义和空虚背后的光明——那种光明是这世界的一般人所不曾梦想到的境地。我们仿佛是一双永不受羁勒的天马，只知道向我们要追求的奥远的路程狂奔，眼前的一切障碍都在我们手中破碎，仿佛神光的照射鬼魔——那些只能在暗影下藏身的撒旦，现在早已抱头鼠窜，再不敢作祟了。

啊，亲爱的，我一切的痛苦总不是白受，我来人间总不是白来；真的，现在我是捉住我的生命了，我再不会放松它，让它如窃贼般在我面前悄逝。唉，这不是最可赞叹的生命的鲜花吗？我们好好在我们所创造的神境中享受吧！祝你

精神愉快！

你的鸥

（五）

异云，亲爱的！

在星期四一天之内，我收到你三封信，我把每一封看过之后，呆呆地坐在寂静的屋里，我遥望着对面的沙发。啊，异云，我似乎看见你了！你神秘而含情的眼，充满天真热情的唇，都逼真地在我心眼里跳动。这时候，我极想捉住这一切，但当我立起身来，我才知道这完全是我心里的幻觉。唉，异云，亲爱的！我们真是不能分离呢！

我来到世界上，什么样的把戏也都尝试过了，从来没有一

个了解我的灵魂的人。现在我在无意中遇到你，我们第一次见面，就是基于心灵的认识。异云，你想我是怎样欣幸？我常常为了你的了解我而欢喜到流泪，真的，异云，我常常想天使我认识你，一定是叫你来补偿我前此所受的坎坷。

最初我是世故太深了，不敢自沉于陶醉中，但现在我知道我自己的错误，我真太傻！此后我愿将整个身心交付你，希望你为了我增加生命的勇气，同时我因为你也敢大胆创造一个新的世界了。

悲观虽是我的根性，但是环境也很有关系，现在以及将来我愿我能扩大悲观的范围，为一切不幸者同情，而对于我自己的生活力求充实与美满。

从前我总觉得我是命运手中的泥，现在我知道错了。我要为了你纯洁的爱，用大无畏的精神自造命运。唉，异云！你所赐予我的真不能以量计了。

我常常想到你——尤其是你灵魂的脆弱最易受伤——使我不放心！我希望你此后将一切的苦恼都向我面前倾吐，我愿意替你分担，如果碰到难受的时候，你就飞到我面前来吧。亲爱的，我愿为你而好好地做人，自然我也愿为你牺牲一切，只要我们俩能够互相慰藉互相帮助，走完这一条艰辛的人生旅程，别的阻碍应当合力摧毁它。异云,我自然知道而且相信你也是绝对同情的。

你学校的功课很忙,希望你不要使你的灵魂接受其他的负担,好好注意你的身体。至于我呢?近来已绝对不想摧残自己了。从前我觉得没有前途,所以希望早些结束,现在我是正在努力创造新生命,我又怎能不好好保养?爱人,请你放心罢。

无聊的朋友我也不愿常和他们鬼混,而且我的事情也不少,同时还要努力创作,所以以后我也极力避免无谓的应酬。异云,望你相信我,只要你所劝告我的话,我一定听从——因为你是爱我的。

诗人来信说些什么?星期六三点钟以后我准在家等你。亲爱的,我盼望今夜能在梦中见到你,并且盼望是一个美妙的热烈的梦呢!再谈吧,祝你

高兴,我的爱人!

冷鸥

（六）

异云——我生命的寄托者：

　　今天我看看日历已经三月三号了，虽然前两天曾下过雪，但那已是春之复归的春雪。啊，在这阳光融雪雨滴茅檐的刹那间，我的心起了极大的变化，我仿佛沉梦初醒，又仿佛长途归来，你想我是怎样的庆幸与惊喜呢？唉！我们相识已经整整一年了。——一年了。在这一年中，我们在人间镂刻上不少的痕迹，我们曾在星月下看过春的倦睡；我们曾在凌晨听过海边的风涛的豪歌；我们也曾互相在迷离的海雾中迷失过；我们也曾在浓艳的玫瑰汁中沉醉过；我们也曾在凄风苦雨的荒庙痛哭过。——啊！这样一段多变化多幽秘的旅途，现在我们是走完了，我们不是初次航海的冒险者了，我们已经看惯海上的风涛，这时候无论海雾如何浓厚，波涛如何猖獗，亦不足动摇我们的目标的分毫了。啊！爱人！前面有一盏光明的灯，前面有一杯幸福的美酒，还有许多青葱的茂林满溢着我们生命的露滴，吾爱！让我们放下人间一切的负荷，尽量地享受和谐的果实吧。

　　吾爱！我曾听见"时间"在静悄中溜过，——它是毫不留意地溜过，在这时候，我们要用全生命去追逐它，不愿有一秒钟把它放过。你知道，吾爱！它走了是永不再回来的啊！即使它还回来，我们已经等不得了；所以吾爱，我们应当好好地生活，好好地享受，不要让时间抛弃了我们。你知道，美丽的春花，是为了我们而含笑的；幽美的月夜，是为了我们而摆设的；我们是一切的主宰。

你的房屋布置得那样理想，别人或者要为你的阴黯而悲伤，但是我呢，不，绝不觉得是可悲的事情。我看见一朵墨绿色的茶花，是开在你的心上，它是多色彩、多幽秘的象征，所以吾爱，我虔诚地膜拜你，你是支配了生命的跃动，你是美化了的万汇。

在这紊乱尘迷的世界，我常常失掉我自己，但是为了你的颂赞——就借着你那伟大锐利的光芒，我照见了狼狈的自我，爱人啊！我是从渺小中超拔了，我从重浊肮脏的躯骸中逃逸了。我看见一朵洁白的云上，托着毫不着迹的灵魂，这时我是一朵花，我是一只鸟，我是一阵清风，我是一颗亮星，但是吾爱！你千万不要忘记这完全是你的赐予啊！倘若那一天我是失掉了你，由你心中摒弃了我的时候，我便成了一颗陨了的星，一朵枯了的花，一阵萧瑟的风，一只僵死的鸟，从此宇宙中将永看不见黑暗中迸出的光芒,残杀中将永无微笑,春天将不再有鸟儿歌唱,所以吾爱,你是掌有宇宙的生杀之权,你是宇宙的神明,同时也是魔鬼。

但是美丽爱人,我早认识你了,你虽然两手握着两样的权威,而你温柔的两眼,已保证了你对人类的和慈与爱护,所以我知道宇宙从此绝不再黯淡了。哦,伟大的爱人!我真诚地为你滴出心的泪滴,你是值得感激和膜拜的啊!

异云——展开你伟大的怀抱,我愿生息在你光明的心胸之下。

你永远的冷鸥

海外寄霓君（节选）

朱　湘

（一）

霓妹，我的爱妻：

你从般若庵十二月初五写的"第一封"信我收到了。我后天就要搬家，你的信可以寄到憩轩四兄第一次替你打的信封那里。我在芝加哥城里过得好些，身体也好，望你不要记挂。我到今天总共收到你八封信。你信内并不曾提到岳母大人同憩轩四兄的病，想必是都好了。你的奶水不够，务必要请奶妈子。照我如今这般寄钱，是很够请奶妈子的，千万不要省这几块钱。小东身体已经不好，如若小时不吃够奶，一定要短命，那时我决定不依你，小沅你是不用我说就会当心的，所以我也不多讲。罗先生倒是很帮忙，不过那取衣的钱一定要还他。不知你已还给他了没有。千万记得还他。你很可以多寄些鱼肉给他，不过千万告诉他不要叫厨房做，怕的好鱼好肉给厨房赚下去了。你还告诉他，我从前在清华同他，同彭光钦先生，还同些别的同学，一同吃罗胖子先生从湘潭寄的鱼肉。我当时曾经答应了由家中寄些鱼肉给他们再吃一次，你可以多寄些，由他替我请他们罢。我这里只好等今年冬天再看寄不寄罢。如今已是春天，你寄时路上怕会坏了，不值得。并且东西寄到美国后，要抽我很重的税，那时东西不曾吃到，倒要赔钱，那才不上算呢。不过夏天罗先生来美国的时候，他到上海以后，我可以托他在泰丰买些罐头带给我。如若上海没有菌子罐头，你可以寄三四个罐头菌子到上海交他带给我，不能再多，再多他就带不了，并且太多时怕人查出来。那要罚很多的钱。我新近译好了一本外国诗，寄到上海，可以先拿四五十块现钱，我叫他们直接寄到般若庵八号朱小沅，大概阳历三月底你可以收到。我这几个月因为搬了两次家，省而又省，只省得二十块美金来，阳历三月初寄给你，阳历四月半你可以收到。连着稿费也有九十块中国钱了。以后希望每月能省十五块美金寄给你,我这样省,恐怕书都买不了什么。我来美国许久,电影同戏一次也不曾看过。等一年之后,你进了学堂,我或者可以多买些书,偶尔添点衣裳。像现今这样,是决定不成的。不过这我一点也不埋怨。我书尽有的看,因为芝加哥大学的图书馆极大,要看什么书,就有什么书。我的霓妹妹替我带着一男一女,我每月至少总要有中国钱三十块寄给她,才放心。

大沅 二月六日第一封

芝加哥是美国第二个大城,生活程度极高,我从前已经告诉过你了。我来这里,因为最近,车费自己出的,还出得起,并且芝加哥大学极好。

(二)

霓君,我的爱妻:

从此以后,我决定自己作饭。每月可以寄二十块美金给你,我自己还可以买点书,我问了他们内行的人知道腌鱼腊肉这面都可以买得到。不过这人不十分可靠，详细情形我以后告诉你。我想这个消息你听了一定很喜欢。一年半载之后，你进了学堂，很可以在这里面省出一笔钱来。现在已经春天，我的衣服没有，美国人又是富，我们中国人到这面来，至少不要穿得像叫化子。并且我那本书寄去上海，可以拿四五十块中国钱，我叫了他们给你寄去，可以支持些时候，所以我不得已，作了春天两套衣裳。阳历四月初一我准寄美金卅块回家。你阳历五月半可以收到。从阳历五月起，每月决定能余廿块，可以两个月寄一回。在美国照相，听说贵的不得了；照六张六寸的，要廿块美金。所以现在是照不起。无论如何，在美国总要照一次作纪念的。早迟那就不敢讲了。鱼肉你现在不必寄。还有罐头之类东西，美国并不贵，也不必托罗先生带了。绣花抽税太高，并且销的不多，也算了罢。我如今读书很快活，并且除去寄钱给你以外，我自己每月还能买些自己要看想买的书，这也叫我高兴。我如今立了一个志向，要把全世界上许多国家的诗都拿来读。这面芝加哥大学的图书馆很大，我要看的这种书大半都有，你想我是多么快活。大前天本是礼拜，我照例应该写信给你的，因为看书有趣，看忘记掉了。我今天虽然看着一本好书（荷兰国的诗）不过我信没写，实在不放心。所以把书放下，赶快写信，省得你记挂。芝加哥这面常常阴天，不像北京，很像南京。长沙我虽然离了好久，我想也是这样。写完这信，晚上作梦，梦到我凫水，落到水里去了；你跳进水里，把我救了出来；当时我感激你，爱你的意思，真是说也说不出来，我当时哭醒了，醒来以后，我想起你从前到现在一片对我的真情，心里真是一股说不出的味道。

沅达达 二月十六日第二封

（三）

霓君，我的爱妻：

接罗先生信，知道戒指事，那自然是当铺玩的鬼，我已经告诉他多认几个利钱取出来。你托他买东西，不知要买什么？他并不有钱，何必托他买？如若已经买了，钱务必照数还他。两张当票的钱连利钱也要还他。我又作了一本小书，（译的诗）可以先拿二十块钱。阳历五月初头，你可以收到这笔钱。我今天看中国诗，有一首看了很感动，那首诗是苏武作的，说："自从我们二人结发作夫妻以后，恩爱两不相疑。但是我明天早晨就要动身去外国了。只有今天一晚同在一起，那么就让我尽量的欢娱罢。我是要动身的人,心里总记挂着上路,怕误了时辰,所以我起来看看如今是什么时候了。你看,天上的参星同辰星都不见了,走了,我要同你分别了。我这是去匈奴(如今的蒙古),那里的人是性情不好的;我们再见的时候我也不敢讲是那一天。我握住你的手,长叹一声,想到别离,不觉落下了泪来。你保重身躯,常常记着我们欢乐的时光。我要是活着,一定早归。要是死了,我作鬼也记到你,不会忘记。"后来这作诗的苏武隔十九年回了本国,作了一个大官。我想到四五年后我们再见的时候,那是多么快活的事情啊。

你的苏武,沅 二月廿一日第三封

(四)

霓君,我的爱妻:

　　我好久不曾接到你的信:这我知道,是因为以前我告诉你我要回家,所以你怕我已经动身了,不曾写信给我。我当时告诉你说要回家,是阳历年底的事情。从长沙到美国的信要四十天左右可以到。一个来回是八十天。如今是阳历二月底了。我是阳历正月初到芝加哥的,所以我算算还要等二十天或者半个月才能接到你的信。过了这半个月就好了，以后就能每礼拜有你的信看了。我总共算一算，我寄给你的信总共至少有三十封，你的信我只收到八封。这就外面看来，好像你对我不起，写得太少了；其实不然。第一，你当时不知道我的住址。第二，你当时怀着小东。并且你以后的许多封信都是用的挂号，可见得你是极其小心，怕它们掉了。其实信寄到美国来，是决定掉不了的。不过信虽掉不了，你用挂号寄来，可见得你是极其小心，怕我万一接不到，岂不心里难受？你这样的替我想，我应当怎样爱你敬你。我写给你的信都没有挂号，因为我知道信是决失落不了的。你以后的信，也不要挂号了罢。以前憩轩四兄替你打的信封千妥万妥，决不会失落的。我再等个半年，等手头松动点，很想买一架打字机，钱可以分一年交完，第一个月交十块，以后每月交五块，总共一年交给他们六十五块。平常一次交钱是六十，那样我是再也买不起的。我再等半个月就搬家，总要搬个长久的地方住，省得以后再麻烦了。这是第四封。

沅 二月廿八日

（五）

我爱的霓妹：

　　昨晚作了一个梦，梦到你，哭醒了。醒过来之后，大哭了一场。不过不能高声痛快的哭一场，只能抽抽噎噎的，让眼泪直流到枕衣上，鼻涕梗在鼻孔里面。今天是礼拜，我看书看得眼睛都痛了，半是因为昨夜哭过的原故，今天有太阳，这在芝加哥算是好天气了。天上虽然没有云，不过薄薄的好像蒙上了一层灰：看来凄惨的很。正对着我的这间房（在二层楼上）从窗子中间看见一所灰色的房子，这是学校的，一点声音也听不见，好像死人一般。房子前面是一块空地基，上面乱堆着些陈旧的木板。我看着这所房，这片地，心里说不出的恨它们。我如今简直像住在监牢里面，没有一个人说一句知心的话。有时看见一双父母带着子女从窗下路上走过去：这是礼拜日，父亲母亲工厂内都放了工，所以他们带了儿子女儿出门散步。我看见他们，真是说不出的羡慕。我如今说起来很好听，是一个留学生，可是想像工人一样享一点家庭的福都不能够，这是多么可怜又多么可恨。我写到这里，就忽的想起你当时又黄又瘦的面貌来，眼眶里又酸了一下。只要在中国活得了命，我又何至于抛了妻子儿女来外国受这种活牢的罪呢。霓君,我的好妹妹,我从前的脾气实在不好,我知道有许多次是我得罪了你,你千忍万忍忍不住了,才同我吵闹的。不过我的情形你应该也明白。我实在是在外面受了许多的气,并且那时一屁股的欠债,又要筹款出洋,我实在是不知怎样办法是好。我想你总可以饶恕我罢?这次回家之后,我想一定可以过的十分美满,比从前更好。写这行的时候,听到一个摇篮里的小孩在门外面哭,这是同居的一家新添的孩子,我不知何故,听到他的哭声,心中恨他,恨他不是小沅小东,让我听了。我又想到你的温柔,你对我的千情万意,分开了,不能见面,不能立刻见面,说一句知心话,彼此温存一下,像从前在京城旅馆内初见面时那样温存一下。你还记得当时你是怎样吗?我靠在你身旁坐下,你身上面上的一股热气直扑到我的脸上(我想我当时的热气也一定扑到了你的脸上)。我当时心里说不出的痒痒。后来我要摸你的手,我偷偷的摸到握住,你羞怯怯的好像新娘子一样,我当时真是说不出的快活。天哪,天哪,但望两三年后,夫妻都好,再能尝尝那种爱情的美味罢。

沅 三月四日第五封

（六）

霓君，我的爱妻：

　　昨天刚写"第五封"信给你，是寄到菜根香。今天接到你阴历年底从万府上寄来的信。尼庵内住，本不妥当。我们远离，彼此都十分伤心，你怎能住在尼庵里面？不过住在万府上，也不方便。你想进学校，办法比较好些。我并不要你将来作教员经济独立，不过是，你单人租房子住既不妥当，住在万府上也不方便，不如把学堂当作旅馆样住，并且朋友很多，热闹些，可以把别离的苦处稍为忘记一点。小沅小东我想或者可以寄住在万府上，我们自己用工钱雇一个奶娘，并且每月贴补万府上多少钱，作为小沅的饭钱同奶妈的饭钱。小沅将近三岁，能进幼稚园最好进幼稚园。我们要越少惊动亲戚越好。随便你进什么学堂，不过不要进名气不好的。你在学堂里，高兴就读些书，不高兴少读些。这我并不计较，因为我不是想你将来赚钱作家用，不过因为你无处可住，自己单身租房子住既不妥当，住在亲戚家中又不好意思。你进的学堂总要能让你天天看得见小沅同小东才好。不然，你同我分开了，又要同小沅小东分开，那还不如不进学堂呢。我看在不曾打听进学堂以先，你最好看看，万府上各位是否一齐都欢迎你，你可以向令妹私下商量，说是你同小沅小东可以住在万府上，不过要万府上肯受房饭钱才成，不然你是不能住在万府上的。你可以说万府上人口很多，并且你要住就住的很长久（两三年），你说住十天半个月倒可以承受人情，你要住的很久，并且带了小沅小东，还要雇用人奶妈，一定要他们万府上受房租同饭钱才成，不然你就一定要搬出来，宁可自己租房子住。我每月（从阳历五月起）一定能省美金廿块，除去家用外还很可以省点下来。你为什么要搬去万府上住呢？如是令妹看见你常常独自伤心，不忍得，要你搬去同她一同住，叫你热闹一点，那你就一定要她肯受房钱同饭钱，不然你决定不能住在万府上。你可以向令妹说万府上自然是不计较的；不过，我朱家不出房租饭钱，是决不能在万府上借住的。我很稀奇你为什么忽然搬去万府上了。说是我不寄钱给你，我又刚寄给了你一百块中国钱，至少总能用三个月。我又寄了两本书回中国，叫他们把钱直接寄给你，那总有八十块钱，再能用两个多月。（这是预支的稿费四分之一，以后还有。）用到阳历六月半，这时我阳历五月初头寄你的钱你刚好收到。这一接上，以后每月四十块中国钱，是决定不会误的。所以我想你搬去万府上一定不会是因为钱的原故。那么为何呢？我想一定是令妹一片热心，姊妹情长，看见你常常想起我流泪，又住在尼庵附近，更易伤心，所以劝你搬去一同住，好减去你的伤心。这是令妹同万府上的一片好意，我们十分感激。不过这是两三年的事，并非十天半个月的事。万府上固然不计较，我朱家却承不了这大的人情呀。并且还有两个小孩子，还要雇奶妈同女工。所以，万府上如若不肯受我们的房租饭钱，那你就决定不能住在万府上。你在外边租房子住，如若租得到满意的，常有亲戚朋友来往，你不至于寂寞孤单，那就好。我并不一定要你抛开了小沅小东进学堂，我是怕你太觉孤零了，进学堂热闹些。这是我替你想的，你总该明白。我在美国住不好的房子，自己作饭，省下来钱寄给你，（这次作衣，是因为春天没有衣穿，你总该明白。）你对我的一片心总该知道。你为什么要说"将来我们共同生活，金钱独立，人穷志短，可以收回"这种话伤我的心呢？你写这封信时候，刚在过年，你看到别人热闹，自然难免伤怀。这我并不怪你，你不必因此心中不安，不过以后你总要少说些伤我心的话才好，（你信内常说你寄人篱下，你怎能这样说呢？我们不是夫妻吗？那么，你怎能说你寄我篱下，你我非外人呀。）你要知道，我在这里举目无亲，又没朋友，就是靠着看看你的信，才减去点寂寞伤感。如若你的信内写些伤我心的话，我就更觉孤单了。二嫂今天也来了一封信，她信内并且附寄来了你给她的一封信，你向她说，叫她问我可收到了你的信没有，这叫我十分难受。她以为我不曾写过几封信给你，叫我同你多多写信，这我不是冤枉吗？我每礼拜都有信给你。有时四天五天，就写一封给你。你的信我一共也收到了九封。你要知道美国的信到中国长沙要四五十天，长沙信来美国又要四五十天，所以一个来回要九十天，也难怪我急着要看你的信。但是你这一问二嫂，好像我不曾写过信给你似的，这我真是冤枉。我虽然难过了半天，不过也不十分怪你，因为夫妻隔的太远，有些时候难免发生误会。以后你要多相信我些才好。我对你就是十分相信。我们夫妻明明感情很好，二嫂却以为我不曾多写信给你，这都是因为你不相信我，常常写信给二嫂说我没有信给你，不然她何至于把你的信寄给我看，叫我多同你通信呢？以后这种地方你应当小心，省得伤我的心。你知道我是好人，我也知道你是好人，我们要彼此多相信点才好。憩轩四兄第一次替你打的信封是不错的。你的信寄去那里是会十分妥当转来给我的。我在美国一切都很小心，身体很强壮，决不会害病（除了相思病），绣花枕头抽税很大，不必寄了，倒是等罗先生可以寄到上海，寄给他，带给我。腊鱼肉等今年冬天再说。美国画片我等有钱时候买很多很多寄给你，自己留些，再拿些送亲戚朋友。如今先把我来美国坐火车路上买的一些明信片寄给你。（有八张是在日本买的。有一些同我以前寄给你的那本书中间的一些画是一样的。）你可以看着拿些送亲戚朋友。这封信写得太长，让我简单说几句：如今的办法有四条：（一）你带小沅小东住在万府上，自己雇奶妈女工，付房租饭钱，最好是他们有几间空房租给你，自己的女工作饭。（二）你进学堂，（要每天能看小沅小东。）小沅小东寄住在万府上，我们自己雇奶妈，并且每月送万府上多少钱作为奶妈饭钱。（小沅能进幼稚园最好，不能进也要算饭钱给万府上。）（三）在外面找妥当房子，常同亲戚朋友来往，省得孤单。（四）进学堂，小沅小东寄养在别人家。这四条办法中，第（三）条最好。第（一）条第二，第（二）条第三，第（四）条第四。望早日定规，告诉我听。还有一件事：小沅名海士，字伯智；小东名雪，字燕支（就是胭脂）。定名如此的原因，下次告诉你。

沅 三月五日第六封

（七）

霓君，我亲爱的：

　　这是第七封。挂号寄给你的许多美术明信片想必早已收到。关于小沅小东你自然会带，不用我多说。不过有两件事情怕你大意，要告诉你一句。第一要让他们早睡，睡得太迟是于小孩子有伤的。九点钟以前，小沅就要睡了，不可再迟。小东还可以睡早些。第二他们要吃零嘴，都要大店里买，千万不要买街上的担子挑的。尤其是夏天，更危险的不得了。最好你上街时候顺路买些点心（要大点心店的）。回家藏在磁缸子中间，他们要吃时候给些他们。所以小沅小东你得特别小心。前几天我在夜里梦到同你相会，同在一床，两人在枕边说了许多许多恩爱的话才睡。在外国的这几年我总要好好混个名声回去，并且把身子保护得一点病没有的回去，省得像某某那样，生出来的孩子有软骨病。（这个我们自己心内知道好了，千万不要向别人说。）如今芝加哥已经暖和起来了，草也绿了。天气一好，精神上舒服得多。如今不是自己作饭，怕太麻烦，并且一个人作饭也不上算。不过我说的每个月寄那么多钱给你，那是不会错的。只好在我自己身上想法子来省了。还有常常寄许多画片给你,那也是不会误事的。等下个月我就写信买去。美国零碎东西我有时也要买些留着,回国时带给你。不能就寄,因为太费事。总要回国之时让你看见许多稀奇古怪的东西,小沅小东也要有许多玩意儿。那时我的身子送到了你的怀中,并且也有许多有趣的东西送到了你的手中。霓君,霓君,你知道我现在是多么爱你啊!我回国以后,要作一个一百分好的丈夫,要作一个一百分好的父亲。

沅 三月十四日

(八)

霓君亲爱:

今天我上街,特别买了些写信给你用的信纸信封。我还买了发网,是剪了头发的女学生用的,如今附在信内寄给你。这是双线的,是真头发。单线的是丝线。单线的不知是不是剪了头发的女子用的,你总试得出来。我这是外行。不是双线的上面写明了"剪发的女子用",我还不知道呢。也有留头用的一种,你如若想送人,我以后再买些寄给你。双线的中国钱两角一个,单线的一角一个,在美国总算便宜了。倘如你用的很合适，以后我再买给你。双线的是黑色，单线的是棕色。还有一种我看简直是白色，但是伙计说是淡棕。因为外国女人的头发有好多种颜色：黑，赭，黄，淡黄（带白色）。所以发网也作了许多种颜色的。我寄的这一对，单线的上面有松紧带。这一对网子的大小不知你合用不？大概大大小小的样式很多，以后你试用了，可以告诉我这双合你用不。如不合用，是再要加大多少，或是减小多少。在芝加哥出门坐汽车太贵，一点钟大概要五块美金，坐不起。他们的汽车论路的远近算钱，车夫身边有一只匣子，是一只计钱表，起码三角五美金，走了一截路，那表一定会答剌一响加一角，就这样加上去。我从前由亚坡屯到芝加哥，下火车后，由车站坐这种作生意的汽车，车子通黄的（遍美国的汽车生意大半都被这种黄汽车包揽去了），坐了半点钟花去三块钱。因为初到，并且有行李，只好坐它。那表自开自关，车夫也作不了鬼。还有电车，很便宜，只要七分，可以换一次车，不加钱。我今天上街坐车，总坐了半点多钟，只花了七分钱，回来也一样七分。电车有好有丑，大半是两人一张藤椅。比上海的头等电车好得多，也便宜得多。

沅 三月十七日第八封

（九）

霓妹亲爱：

　　接到你正月廿晚的信说，有十天没有接到信，到电影院看电影看得很伤心。那些信纸上面有许多红印子，那自然是你流的眼泪了，我极其难受。亲爱的妹妹，我不曾害病，外面我少出门，汽车等等危险也没遇到，你放心罢。那时我刚从亚坡屯到芝加哥来，忙了一阵，所以十天你不曾接到我的信。这封信是第九封。九封以前，我曾经从芝加哥写过阳历一月六日、十五日、廿一日、卅一日、四封信给你。二月六日起，是第一封。所以我到芝加哥以后，总共写过十三封信。看到你的回信，犹如看到你那颗金子般的心，可见你对我的心肠极好，我听到了是多么快活高兴。我们的爱情是天长地久，只要把这三年过了，便是夫妻团圆，儿女齐前，那是多么快活的事情。能够早回，一定早归。外国实在不如我们在一起时那么有味；举目无亲，闷时只有看书。身体还好，倒免得你记挂。我自然要考到了一个名气再回国，不然落人耻笑，也混不了饭吃。外国照相贵的不得了，但是我总要照一次，大概等三个月，阳历六月总可以照好寄给你。芝加哥大学与别的学堂不同。别的学堂都是一年分两学期,另有暑假,芝加哥大学是一年分作四学季,夏天也算一学季,用功的学生夏天也可以念书,这样多念功课,可以早些毕业。我的身体如若不坏,夏天我是照常上课,那样我在明年阳历八月底便可毕业得学士。得了学士以后,念三季的书,便得硕士,那就是后年阳历六月半。考到硕士以后,考不考博士呢?那就临时再讲罢。考博士要大后年阳历一九三一年(就是辛未年)年底才能回国。这是说加工读书,暑假都不停的话。如若身体受不住这番苦工,或是我们分离过久,彼此想得太厉害,那时候我恐怕考完硕士,由欧洲经过英国、法国、意大利等等回中国。从前说的两年得博士,那是笑话,因为初来美国,情形不明白;如今知道,是决办不到的。无论何人来美国,都是四五年才考到博士,有的学医,简直要八年。如今春天了,常常出太阳,心里觉得爽快许多。从前来芝加哥是冬天,阴沉沉的,实在不舒服。我翻译了两首中国诗,登在芝加哥大学学生出的《凤凰杂志》上,想必你听到了快活,所以我特别告诉你。熟人请我去了博物馆,那房子不用说是很大,里面都是些动物的标本模型,有一架鲸鱼头的骨头总有一丈长,那整个鲸鱼活的时候至少总有四丈长。你还记得我们从天津到上海的船上看见的鲸鱼吗?我这次在太平洋上作了一首

诗,里面有几句是这样:

> 我要乘船舶高航,
> 在这汪洋:
> 看浪花丛簇,
> 似白鸥升没,
> 看波澜似龙脊低昂,
> 还有鲸雏
> 戏洪涛跳掷颠狂。

这里面末了两句你看见了一定还记得当时的情景。博物馆中狮子老虎自然是有的,还有一架骨头,颈子特别长,与身子高一般,总共算起来,从头到脚至少有一丈。这兽在外国叫"吉拉伏",如今已是绝种了,就是我们中国说的麒麟。吉拉伏性子是很温和的,它那么长的颈子是用来伸到树上吃树叶子的。我们中国说麒麟不吃肉,光吃草叶,正是食蚁兽,(这是标本,同活的一般,便是活的拿药水作出,再也不会烂。)这兽很像熊,有狗那么大,最奇怪的是它的嘴,有一两尺长,像一柄锥子一样。这东西名叫"食蚁兽",那细而长的嘴,就是用来伸进蚂蚁洞中去吃蚂蚁的。蚂蚁那么小的东西居然把它养得同狗一样大，你看这奇怪不？还有许多鸟，挂在玻璃窗橱之内，那橱总有一丈宽一丈高，五尺深。有的拿真的树作成树林，背后两边再画一张假树林加了天罗山罗，鸟儿有的歇在枝上，有的飞在空中。水鸟的窗橱是用真水作出一个池塘，有真水草，背后两边也有一张画的风景。鸟儿有的站在水里，有的藏在草中。你看这是多么巧妙。博物馆中也有中国东西，不过不算很多，最有趣的是把中国的宝塔作出些五尺高的模型来，下面注明这是什么城的。这博物馆下次我再去的时候问问他们有照片没有，如有我买了寄给你。你绣给我的相架我把我们同在北京照的那张相剪下你的相来，用这种信纸剪出一个蛋形的洞，把纸套在相上插进架中，今天早上被管家婆看见了，她希奇的不得了，说你长得美丽之至，花也绣得美丽之至。我告诉她这是中国绣花的一种，那是你的，那是我的名字。她问是谁绣的，我说是我的太太；她又问那相是谁，我也说是我的太太。

　　　　　　　　　沅 三月廿四日第九封

（十）

霓君亲爱：

　　我总有两个礼拜不曾接到你的信。你在长沙亲戚朋友很多，又有小沅小东。愁闷之时，可以稍为好些。我呢？就是一个人孤住外国，举目无亲，就是靠着看看家里寄来的信解一点闷。你为什么两礼拜没信给我呢？下回再这样，我也要半个月才写信。前晚不曾睡够，昨夜九点钟就上床了，到半夜时，是一两点钟的光景。楼下一对夫妻带着儿子闹了起来，又笑又唱，再不肯停，把我从梦中吵醒了。后来一想，今天是四月一号，外国的"傻子节"，在今天无论怎样的开玩笑，是不作兴生气的。到了五点钟左右，幸亏外头一阵狗叫，他们觉得这好像很不雅，赶紧一声不响了。那匹狗不知是那家的，我要是知道，真想向它磕两个头。今天接到你阳历三月二日的信，要我寄相片，我何尝不想寄呢？但是如今那有钱照相？要是我少寄钱给你去照相，那也不成。我如今实在过的最省俭不过，叫我那有钱去照相呢？美国照相贵得不得了，我以前信里同你说过。我说阳历七月内一定照相给你，离如今不过三个多月，想必你总可以等等罢。我阳历五月要寄钱给你，六月要寄钱给罗先生。

211

因为他来信说穷的很,我在清华欠了些账你也知道是由罗先生代为管理的。这钱不能再不寄去了,总要七月才能照相。霓妹妹我的亲达达,这你总该能原谅我了罢?我又不是不照相,只是不得已,要迟些时候罢了。你说的话实在过重,叫我受不起,我不知道多么难受。但望将来早点回家,把这片心剖给你看罢。我听说你搬来搬去,实在是心中十分难过,我知道你受了很多的苦,很多的气,只好回家之后,一总由我向你赔罪好了。你一切都好,我是很知道的,也很放心,我就是恨自己不能回家,替你分担些忧,要累你带小沅小东。这一次不是由亚坡屯到芝加哥,自己出了车钱路费;要是出洋以前,衣服作够了,我又何至于好久不能寄钱给你呢?诚然不错,我寄了一本书去上海,叫他们寄钱给你,但是我心内总难受得很。因为我想越寄得多给你,我心中越快活。诚然我下月起就能每月寄中国钱四十块给你(六月要寄罗先生,除外)但是我一天不能寄钱给你,我就一天不快活。在外国我真是省俭的不得了。别人每月用得不够,向家里要的都有,不然就是用得紧够;我每月能寄得这笔钱给你,实在是省之又省。唉,你那知道,我多天作梦回家,从梦中哭醒了啊。我如今在美国也不看电影,也不听戏,一天到晚的只是守在房中,你想这是为的谁呢?我真想这几年快点过完了，早些看见你，才快活。我看一看，这几页纸上，字写得东歪西斜，有稀有密，这都是我心中难受，想家太甚，心不在上的道理。你不能每礼拜写信给我，我也很原谅。我是照旧每礼拜有信给你的。信是决不会失落。我写给你的信我都记下来了，是那天发的，是第几封，我都在书上记得清清楚楚。这是第十封。没有号码以前，我来芝加哥以后曾经寄过四封给你，所以我自阳历一月到现在一共写过十四封给你，另有挂号寄的风景片一包。所以平均起来，我是六天有一封信寄与你。我这是对你多么痴心，你也总该明白。你的信我都一封封的好好藏起，上面写明是第几封，那天到的，闷时就拿出来看。还有那张同我在北京照的相我嵌在了你绣给我的相框中，你同小沅照的那张相我记得清清楚楚你是什么样子，小沅是什么样子，我想起你那含愁带苦的相，都是为了我，我心中说不出的难受，说不出的爱你敬你。我如今很想作点文章拿到外国杂志上去登出来，这是很难的：因为我们不是外国人，要作外国文，这就吃亏一步。不过成功之时，那是很有名气的。我从前在亚坡屯寄过一本书给你，那就是同学出的一本诗，里面有我译的一首诗，我曾经写明中文的名字给你看。我登出那首诗后，亚坡屯的先生同学都对我另眼看待。译的两首诗，以后说不定还要登些。我总要买来寄给你。再等二十天，我一定要买给你一些好的画片。总之，你就是不能每礼拜写信，我仍然是要每礼拜写信的，我并且要想出许多方法来让你高兴。就像我从前寄那本诗，那本红人的书，那一包画片，那一封有发网的信，都是这个意思。你若是高兴了，我跟着也就快活。你信中说伤心话时，我也就难受好多时候，厉害时我就哭了下来。我如今对你，真是十分痴心，无论何时，或是想事，或是读书，总是记起你来。你的这许多信（十二封），我小心留起，将来带回去等我们并了双肩，从头再看，那时我们好谈现在的情景。霓妹妹，你想那是多么有味啊。你说我的信可爱，这我听到是多么高兴呀；因为你看了快活，我跟着也快活了。你说儿女太多，是我害你的；不错呀，让我向我的亲妹妹赔罪罢。小东没奶吃，自然是要吵的，我求你雇一个奶妈罢。小孩子没有奶吃，是不成的，说不定很小就死了，要不然就长不大，那不就是我们把她害死了吗？那时候天也不依，说不定用什么方法来治我们的罪过，或是我们夫妻怎样了，或是小沅怎样了，那时悔之晚矣。霓妹妹，千万千万。

　　　　　　　　　　　沅 四月二日第十封

四 爱的解析

无情的多情和多情的无情

梁遇春

情人们常常觉得他俩的恋爱是空前绝后的壮举,跟一切芸芸众生的男欢女爱绝不相同。这恐怕也只是恋爱这场黄金好梦里面的幻影罢。其实通常情侣正同博士论文一样地平淡无奇。为着要得博士而写的论文同为着要结婚而发生的恋爱大概是一样没有内容罢。通常的恋爱约略可以分做两类:无情的多情和多情的无情。

一双情侣见面时就倾吐出无限缠绵的话,接吻了无数万次,欢喜得淌下眼泪,分手时依依难舍,回家后不停地吟味过去的欣欢——这是正打得火热的时候。后来时过境迁，两人不得不含着满泡眼泪离散了，彼此各自有个世界，旧的印象逐渐模糊了，新的引诱却不断地现在当前。经过了一段若即若离的时期，终于跟另一爱人又演出旧戏了。此后也许会重演好几次。或者两人始终保持当初恋爱的形式，彼此的情却都显出离心力，向外发展，暗把种种盛意搁在另一个人身上了。这般人好像天天都在爱的旋涡里，却没有弄清真是爱哪一个人，他们外表上是多情，处处花草颠连，实在是无情，心里总只是微温的。他们寻找的是自己的享乐，以"自己"为中心，不知不觉间做出许多残酷的事，甚至于后来还去赏鉴一手包办的悲剧，玩弄那种微酸的凄凉情调，拿所谓痛心的事情来解闷消愁。天下有许多的眼泪流下来时有种快感，这般人却顶喜欢尝这个精美的甜味，他们爱上了爱情，为爱情而恋爱，所以一切都可以牺牲，只求始终能尝到爱的滋味而已。他们是拿打牌的精神踱进情场，"玩玩罢"是他们的信条。他们有时也假装诚恳，那无非因为可以更玩得有趣些。他们有时甚至于自己也糊涂了，以为真是以全生命来恋爱，其实他们的下意识是了然的。他们好比上场演戏，虽然兴高采烈时忘了自己，居然觉得真是所扮的角色了，可是心中明知台后有个可以洗去脂粉，脱下戏衫的化装室。他们拿人生最可贵的东西：爱情来玩弄，跟人生开玩笑，真是聪明得近乎大傻子了。这般人我们无以名之，名之为无情的多情人，也就是洋鬼子所谓 Sentimental 了。

上面这种情侣可以说是走一程花草缤纷的大路，另一种情侣却是探求奇怪瑰丽的胜境，不辞跋涉崎岖长途，缘着悬岩峭壁屏息而行，总是不懈本志，从无限苦辛里得到更纯净的快乐。他们常拿难题来试彼此的挚情，他们有时现出冷酷的颜色。他们觉得心心既相印了，又何必弄出许多虚文呢？他们心里的热情把他们的思想毫发毕露地照出，他们的感情强烈得清晰有如理智。天下抱定了成仁取义的决心的人干事时总是分寸不乱，行若无事的，这般情人也是神情清爽，绝不慌张的，他们始终是朝一个方向走去，永久抱着同一的深情，他们的目标既是如皎日之高悬，像大山一样稳固，他们的步伐怎么会乱呢？他们已从默然相对无言里深深了解彼此的心曲，他们哪里用得着绝不能明白传达我们意思的言语呢？他们已经各自在心里矢誓，当然不作无谓的殷勤话儿了。他们把整个人生搁在爱情里，爱存则存，爱亡则亡，他们怎么会拿爱情做人生的装饰品呢？他们自己变为爱情的化身，绝不能再分身跳出圈外来玩味爱情。聪明乖巧的人们也许会嘲笑他们态度太严重了，几十个夏冬急水般的流年何必如是死板板地过去呢；但是他们觉得爱情比人生还重要，可以情死，绝不可为着贪生而断情。他们注全力于精神，所以忽于形迹，所以好似无情，其实深情，真是所谓"多情却似总无情"。我们把这类恋爱叫做多情的无情，也就是洋鬼子所谓 Passionate 了。

但是多情的无情有时渐渐化做无情的无情了。这种人起先因为全借心中白热的情绪，忽略外表，有时却因为外面惯于冷淡，心里也不知不觉地淡然了。人本来是弱者，专靠自己心中的魄力，不知道自己魄力的脆弱，就常因太自信了而反坍台。好比那深信具有坐怀不乱这副本领的人，随便冒险，深入女性的阵里，结果常是冷不防地陷落了。拿宗教来做比喻罢。宗教总是有许多仪式，但是有一般人觉得我们既然虔信不已，又何必这许多无谓的虚文缛节呢，于是就将这道传统的玩意儿一笔勾销，但是精神老是依着自己，外面无所附着，有时就有支持不起之势，信心因此慢慢衰颓了。天下许多无谓的东西所以值得保存。就因为它是无谓的，可以做个表现各种情绪的工具。老是扯成满月形的弦不久会断了，必定有弛张的时候。睁着眼睛望太阳反见不到太阳，眼睛倒弄晕眩了，必是斜着看才行。老子所谓"无"之为用，也就是在这类地方。

拿无情的多情来细味一下罢。乔治·桑（George Sand）在她的小说里曾经隐约地替自己辩护道："我从来绝没有同时爱着两个人。我绝没有，甚至于在思想里。属于两个人，无论在什么时候。这自然是指当我的情热继续着。当我不再爱一个男人的时候，我并没有骗他。我同他完全绝交了。不错，我也曾设誓，在我狂热的时候，永远爱他；我设誓时也是极诚意的。每次我恋爱，总是这么热烈地，完全地，我相信那是我生平第一次，也是最后一次的真恋爱。"乔治·桑的爱人多极了，这是谁都知道的事情，但是我们不能说她不诚恳。乔治·桑是个伟大的爱人，几千年来像她这样的人不过几个，自然不能当做常例看，但是通常牵情的人们的确有他可爱的地方。他们是最含有诗意的人们，至少他们天天总弄得欢欣地过日子。假使他们没有制造出事实的悲剧，大家都了然这种飞鸿踏雪泥式的恋爱，将人生渲染上一层生气勃勃，清醒活泼的恋爱情调，情人们永久是像朋友那样可分可合，不拿契约来束缚水银般转动自如的爱情，不处在委曲求全的地位，那么整个世界会青春得多了。唯美派说从一而终的人们是出于感觉迟钝，这句话像唯美派其他的话一样，也有相当的道理。许多情侣多半是始于恋爱，而终于莫名其妙的妥协。他们忠于彼此的婚后生活并不是出于他们恋爱的真挚持久，却是因为恋爱这个念头已经根本枯萎了。法郎士说过："当一个人恋爱的日子已经结束，这个人大可不必活在世上。"高尔基也说："若使没有一个人热烈地爱你。你为什么还活在世上呢？"然而许多应该早下野，退出世界舞台的人却总是恋栈，情愿无聊赖地多过几年那总有一天结束的生活，却不肯急流勇退，平安地躺在地下，免得世上多一个麻木的人。"生的意志"（Will to live）使人世变成个血肉模糊的战场。它又使人世这么阴森森地见不到阳光。在悲剧里，一个人失败了，死了，他就立刻退场，但是在这幕大悲剧里许多虽生犹死的人却老占着场面，挡住少女的笑涡。许多夫妇过一种死水般的生活，他们意志消沉得不想再走上恋爱舞场，这种的忠实有什么可赞美呢？他们简直是冷冰的，连微温情调都没有了，而所谓 Passionate 的人们一失足，就掉进这个陷阱了。爱情的火是跳动的，需要新的燃料，否则很容易被人世的冷风一下子吹熄了。中国文学里的情人多半是属于第一类的，说得肉麻点，可以叫做卿卿我我式的爱情，外国文学里的情人多半是属于第二类的，可以叫做生生死死的爱情，这当有许多例外，中国有尾生这类痴情的人，外国有屠格涅夫、拜伦等描写的玩弄爱情滋味的人。

恋爱不是游戏

庐　隐

　　没有在浮沉的人海中翻过筋斗的和尚，不能算善知识；没有受过恋爱洗礼的人生，不能算真人生。

　　和尚最大的努力，是否认现世而求未来的涅槃，但他若不曾了解现世，他又怎能勘破现世，而跳出三界外呢？

　　而恋爱是人类生活的中心，孟子说："食色，性也。"所谓恋爱正是天赋之本能。如一生不了解恋爱的人，他又何能了解整个的人生？

　　所以凡事都从学习而知而能，只有恋爱用不

着学习，只要到了相当的年龄，碰到合式（适）的机会，他和她便会莫名其妙地恋爱起来。

恋爱人人都会，可是不见得人人都懂，世俗大半以性欲伪充恋爱，以游戏的态度处置恋爱，于是我们时刻可看到因恋爱而不幸的记载。

实在的恋爱绝不是游戏，也绝不是堕落的人生所能体验出其价值的，它具有引人向上的鞭策力，它也具有伟大无私的至上情操，它更是美丽的象征。

在一双男女正纯洁热爱着的时候，他和她内心充实着惊人的力量，他们的灵魂是从万有的束缚中，得到了自由，不怕威胁，不为利诱，他们是超越了现实，而创造他们理想的乐园。

不幸物欲充塞的现世界，这种恋爱的光辉，有如萤火之微弱，而且"恋爱"有时适成为无知男女堕落之阶，使维纳斯不禁深深地叹息："自从世界人群趋向灭亡之途，恋爱变成了游戏，哀哉！"

析"爱"

俞平伯

　　名能便人,又能误人。何谓便?譬如青苍苍在我们头上的,本来浑然一物,绝于言诠;后来我们勉强叫它做"天"。自有天这一名来表示这一种特殊形相,从此口舌笔墨间,便省了无穷描摹指点的烦劳了。何谓误?古人所谓"实无名,名无实",自是极端的说法。名之与实相为表里,如左右骖;偶有龃龉,车即颠覆。就常理而言,名以表实;强分析之始为二,其实只是一物的两面,何得背道而驰呢?但人事至赜,思路至纷,名实乖违竟是极普遍,极明确的一件事了。每每有一名含几个微殊甚至大殊的实相的；也有一实相具多数的别名的。此篇所谈的爱，正是其中的一个好例。因名实歧出而言词暧昧了，而事实混淆了，而行为间起争执了。故正名一道，无论古今中外，不但视为专科之业，且还当它布帛米菽般看待。即如敝国的孔二先生，后人说他的盛德大业在一部断烂朝报式的《春秋》上，骤听似伤滑稽。我八岁时读孟子到"孔子成《春秋》而乱臣贼子惧"，觉得这位孟老爹替他太老师吹得实在太凶。《春秋》无非是在竹片上画了些乱七八糟的痕迹，正和区区今日属稿的稿纸不相上下，既非刀锯桁杨，更非手枪炸弹，乱臣贼子即使没有鸡蛋般的胆子，亦何惧之有？或者当时的乱臣贼子，大都是些"银样镴枪头"也未可知。若论目今的清时盛世，则断断乎不如此的。

但在书生的眼中，正名总不失为有生以来的一桩大事。孔丘说："必也正名乎？"我们接说："诚然！诚然！"只是一件，必因此拉扯到什么"礼乐刑罚"上面去，在昔贤或者犹可，在我辈今日则决不敢。断断于一字一名的辨，而想借此出出风头包办一切，真真像个笑话。依我说，这种考辨仿佛池畔蛙鼓，树梢萤火，在夏夜长时闹了个不亦乐乎，而其实了不相干的。这好像有点自贬。但绿蛙青萤尚且不因此而遂不闹了，何况你我呢。下面的话遂不嫌其饶舌了。

咱们且挑一个最习见的名试验一下罢。自从有洋鬼子进了中国,那些礼义廉耻,孝悌忠信……即使不至于沦胥以丧,也总算不得时新花样了。孔二先生尚以"圣之时者"的资格,享受两千年的冷猪肉,何怪现在的上海人动辄要问问"时不时"呢。所谓仁者爱人,可见仁亦是爱的一种,孔门独标榜仁的一字;现在却因趋时,舍仁言爱。区区此衷,虽未能免俗,亦总可质之天日了。(但在禁止发行《爱的成年》——甚至波及《爱美的戏剧》那种政府的官吏心目中,这自然是冒犯虎威的一桩大事。)

恐怕没有比这个字再出风头的了,恐怕没有比这个字再通行的了,恐怕没有比这个字再受糟蹋的了。"古之人也"尚且说什么博爱兼爱;何况吃过洋药的,崭新簇新的新人物,自然更是你爱我爱,肉麻到一个不亦乐乎。其实这也稀松大平常,满算不了怎么一回大事。每逢良夜阑珊,猫儿们在房上打架;您如清眠不熟,倦拥孤衾,当真的侧耳一听,则"迷啊呜"的叫唤,安知不就是爱者的琴歌呢。但究竟爱的光辉曾否下逮于此辈众生?我还得要去问问 behaviourists,且听下回分解。我在此只算是白说。——上边的话无非是说明上自古之圣人,今之天才，下至阿黄阿花等等，都逃不了爱根的羁缚。其出风头在此，其通行在此，其受糟蹋亦在此。若普天下有情人闻而短气，则将令我无端的怅怅了。

上也罢，下也罢，性爱初无差等；即圣人天才和阿黄阿花当真合用过一个，也真是没法挽回的错误。分析在此是不必要的。这儿所说的爱，是用一种广泛的解释，包含性爱在内，故范围较大。我爱，你爱，他爱，名为爱则同，所以为爱则异。这就是名实混淆了，我以为已有"正"的必要了。我们既把"爱"看作人间的精魂，当然不能使"非爱"冒用它的名姓，而忝然受我们的香火。你得知道，爱的一些儿委屈要酝酿人间多少的惨痛。我们要歌咏这个爱，顶礼这个爱，先得认清楚了它的法相。若不问青红皂白，见佛就拜，岂不成了小雷音寺中的唐三藏呢？

此项分析的依据不过凭我片时的感念，参以平素的观察力，并不是有什么科学的证验的。自然，读者们如审察了上边胡说八道的空气，早当付之一笑，也决不会误会到这个上面去的。我以为爱之一名，依最普通的说法，有三个歧诠：（一）恋爱的爱，（二）仁爱的爱，（三）喜爱的爱。它们在事实上虽不是绝对分离地存在着，但其价值和机能迥非一类。若以一名混同包举，平等相看，却不是循名责实的道理。下边分用三个名称去论列。

恋是什么？性爱实是它的典型（typical form）。果然，除性爱以外，恋还有其他的型，如肫挚的友谊也就是恋之一种，虽然不必定含性的意味。恋是一种原始的冲动，最热烈的，不受理性控制的，最富占有性的，最 aggressive 的。说得好听点，当这境界是人己两泯，充实圆足，如火的蓬腾，如瀑的奔放，是无量精魂的结晶，是全生命的顶潮。说得不好听点，这就是无始无名的一点痴执，是性交的副产物，人和动物的一共相。恋之本身既无优劣，作如何观，您的高兴罢。

它的特色是直情径行，不顾利害，不析人我。为恋而牺牲自己，固然不算什么；但为恋而损及相对方，却也数见不鲜的。效率这个观念，在此竟不适用。恋只是生命力的无端浪费，别无意义可言，别无目的可求。使你我升在五色云中，是它的力；反之，使你我陷入泥涂亦未始非它所致。它是赏不为恩，罚不为罪的；因所谓赏罚，纯任自然，绝非固定不变，亦非有意安排下的。有人说恋是自私的情绪，我以为是不恰当的。在白热的恋中融解了，何有于人我相？故舍己从人算不得伟大，损人益己算不得强暴。即使要说它自私，也总是非意识的自私罢。权衡轻重，计较得失，即非恋的本旨了。若恋果如此，非恋无疑。

有明哲的审辨工夫的，我们叫它为仁，不叫它为恋的。明仁的含义初不必多引经据典，只是"己所不欲勿施于人"这个解释便足够了。在先秦儒家中有两个习用的名，可以取释这差别的：就是恋近乎忠，仁近乎恕。忠是什么？是直。恕是什么？是推。一个无所谓效率，一个是重效率的。如我恋着您，而您的心反因此受伤，这是我所不能完全任咎的。但我如对您抱着一种仁爱的心，而丝毫无补于您，或者反而有损，这就算不得真的仁者了。强要充数，便是名实乖违了。仁是凭着效果结账的，恋是凭着存心结账的。心藏于中不可测度，且其究竟有无并不可知；所以世上只有欺诳的恋人，绝无欺诳的仁者。没有确实仁的行为，决不能证明仁的存在。恋则不然。它是没有固定的行径的。给你甜头固然是它，给你吃些苦头安知不是它呢？若因吃了苦便翻脸无情了，则其人绝非多情种子可知。双方面的，单方面的，三角形的，多角形的同是恋的诸型，同为恋的真实法相，故恋是终于不可考量的。水的温冷惟得尝者自知，而自知又是最不可靠的，于是恋和欺诳遂终始同在着。恋人们宁冒这被诳的险，而闯到温柔乡中去。由此足以证"恋是生命力的无端浪费"这句话的确实不可移了。

有志于仁的见了这种浪子，真是嘴都笑歪了。他说，那些无法无天的混小子懂得什么成熟的爱。爱不在乎你有好的心没有，（我知道你有没有呢！）而在乎你有好的行为没有。在历程之中要有正当的方法，在历程之尾要有明确的效果，这方算成立了爱的事实。您要和人家要好，多少要切实给他一点好处，方能取信；否则何以知道你对他有好感呢？即使你不求人知，而这种 plato 式的爱有什么用呢？这番话被恋人们听见了，自然又不免摇头叹息。"这真是夏虫不可与语冰啊！"

其实依我说，仁确是一种较成长的爱根，虽不如恋这般热烈而迫切。无疑，这是人类所独有，绝不能求之于其他众生间的。它是一种温和的情操，是已长成的，是有目的，有意义的。是能切实在人间造福的。它绝没有自私的嫌疑，故它是光明的；它能成己及物，故它是完全的；当它的顶潮，以慎思明辨的结果而舍己从人，故它是伟大的。所谓博爱兼爱这些德行，都指这一种爱型而言，与恋爱之爱，风马牛不相及的。

以恋视仁，觉得它生分凡俗；以仁视恋，觉得它狭小欺诳；实则都不免是通蔽相妨之见。我们不能没有美伴良友，犹之我们不能离开社会一样。对于心交还要用权衡，固然损及浑然之感。对于外缘,并权衡亦没有了,动辄人己两妨,岂不成了大傻瓜了吗?在个人心中,恋诚然可贵,而在家庭社会之间,仁尤其要紧。慈的父母,孝的儿女,明智的社会领袖,都应当记得空虚的好心田是不中用的,真关痛痒的是行为。要得什么果子,得先讲讲怎么样栽培。方法和效验不可视为尘俗的。

原来超厉害的热恋,只存在于成熟的心灵们互相团凝的时候。这真是稀有的畸人行径,一则要内有实力,二则要外有机会,绝不是人人可行,时时可行的。我们立身行事,第一求自己能受用,第二求别闹出笑话;可行方行,可止即止,不要鲁莽灭裂,干那种放而不收的事。一刹那的热情固可珍重,日常生活中理性控制着的温情更当宝贵。——且自安于常人罢。譬如,布帛菽米,油盐酱醋,家家要用,而金刚石只有皇冕上、贵妇人发际炫耀着。一样的有用(需要即是用),但所用不同。一样的可贵,但所以贵不同。常与非常本无指定的高下。就一般人说法,适者为贵,则常之声价每在非常之上。虽圣人复生,天才世出,不易斯言。

恋与仁虽是直接间接的两型,而都属于爱的范畴内。喜便不然了。喜爱连称,但喜实非爱。明喜非爱,并非难事,举一例便知。顾诚吾君说:"谢太傅问诸子侄:'子弟亦何预人事而正欲使其佳？'诸人莫有言者。车骑答曰：'譬如芝兰玉树，欲使生于庭阶耳。'(《世说新语》)——拿子弟当做芝兰玉树，真是妙不可言。试看稍微阔绰的人家，谁不盼望'七子八婿''儿女成行'，来做庭前的点缀！但一般普通人家，固不能一例说。他们的观念只是'养儿防老，积谷防饥'。不拿子弟做花草，却拿儿子做稻麦了。上一个不过是抚摩玩赏的美术品，后一个却是待他养命的实用品了。"(《新潮》二卷四号六七九页）

芝兰玉树罗列庭阶，可喜之至了；但何预于爱？无意中生了儿子却可用他来"防老"，可喜之至了；但何预于爱？若以这些为爱，则主人对于畜养的鸡猫鹰犬，日用的笔墨针线，岂非尽是欢苗爱叶了？通呢不通？

更可举一可笑之实例，以明喜爱之殊。如男女们缔婚，依名理论，实为恋的事情，而社会上却通称"喜事"。所可喜者何？无非男的得了内助，女的得了靠山，在尊长方面得人侍奉，在祖宗方面得有血食。子子孙孙传之无穷，而"不孝有三，无后为大"之惧可以免夫！一言蔽之，此与做买卖的新开张，点起大红蜡烛，挂起大红联幛时之喜，一般无二。因性质同，故其铺排、陈设、典礼无不毕同。一样的大红蜡笺对联，无非一副写了"某某仁兄大人嘉礼",一副写了"某某宝号开张之喜"罢了。有何不同?有何不同!其实呢,您如精细些,必将发见其中含有喜剧的错误,甚至于悲剧的错误呢。只因喜与恋一字之差,而普天下之痴男怨女,每饮恨吞声,至于没世而不知所以然。谁为为之?孰令致之?大家都说不出来,于是大家依样画葫芦罢,牵牵连连的堕入苦狱,且殃及于儿女罢。红红绿绿,花花絮絮的热闹,我每躬逢其盛,即不禁多添一番惆怅,一种寥寂。在大街上,如碰见抬棺材的,我心中不自主的那么一松;如碰见抬花轿的,我就心中那么一紧。弛张的因由,我自己亦说不清楚,总之,当哀不哀,当乐不乐,神经错乱而已。在名实乖违的世界上,住一个神经错乱的我,您难道不以为然吗?

闲话少说。试比较论之,恋在乎能人我两忘,仁在乎能推己及人,喜则在乎以人徇己。恋人的心中,你即我,我即你。仁人的目中,你非我而与我等,与我同类。若对于某物的喜悦,只是"你是我的,你是为我的"这点计较心、利用心而已。有何可喜?你为我所有,为我所用,为我作牛马,为我作点缀品等因故。反之,你不然,则变喜成怒,变亲成仇,信为事理之当然了,何足怪呢!这种态度以之及物,是很恰当的。掉了一颗饭米，担心天雷轰顶；走一步道，怕踹死了蚂蚁致伤阴骘；像这种心习真是贤者之过了。泛爱万物，我只认为一种绮语而已。但若用及物的态度来对待人，甚至于骨肉之亲，则不免失之过薄，且自薄了。名实交错，致喜爱不分。以我的喜悦施于人，而责人以他的爱恋相报；不得，则坐以不情之罪。更有群盲，不辨黑白，从而和之。一面胁制弱者使他不及知，使他知而不敢言。这真是锻炼之狱！

　　依我断案，这不仅是自私，且是恶意的自私；不仅是欺诳，且是存心的欺诳；不仅是薄待某一个人，且是侮辱一切人（连他自己在内）；不仅是非爱，且是爱的反对。以相反的实，蒙相同的名，然后循名责报，期以必得；不得，则以血眼相视，而天下的恶名如水赴壑，终归于在下者。用这种方术求人间的安恬，行吗？即使行，心里安吗？即使悍然曰安，能久吗？"正名""正名"的呼声，原无异于夏蝉秋虫。但果真有人能推行一下，使无老无幼，无贤无愚，无男无女，饮食言动之间，一例循名责实，恐怕一部二十四史都要重新写过才好呢。说虽容易，不过这个推一下的工夫，自古以来谁也做它不动。我们也无非终于拥鼻呻吟而已。

　　所谓"言各有当"，恋以自律（广义的我），仁以待人，喜以及物，是不可移置的。以恋待人失之厚，及物则失之愈厚；以喜待人失之薄，律己则失之愈薄。报施之道亦然。名实相当，得中，则是；相违，过犹不及，则非。名实违忤至今日已极，以致事无大小，人无智愚，外则社会，内则家庭，都摇摇欲坠，不可终日似的。爱之一名在今日最为习见，细察之，实具直接的和间接的两型，机能互异；而喜且为貌似的赝品：以这两种因由，我作《析"爱"》一文。

一九二四年六月二十一日作于西湖俞楼。

闲 话

老 舍

妇女有妇女的聪明与本事，用不着我来操心替她们计划什么。再说呢，我这人刚直有余，聪明可差点，给男友作参谋，已往往欠妥；自己根本不是女子，给她们出主意，更非失败不可。所以我一向不谈什么妇女问题；反之，有了难事，便常开个家庭会议，问策于母亲、姐姐，和太太。每开一次家庭会议，我就觉出男女的观点是怎样的不同，而想到凡事都须征求男女的意见，才能有妥善的办法。这倒不是谁比谁高明的问题，而是男女各有各的看法，明白了这种看法的不同，才能互相了解，于事有益。往小里说，一家中能各抒所见，管保少吵几次嘴；往大里说，一国中男女公民都有机会开口，政治一定良好，至少是不偏不倚，乾坤定矣。

所以今天我要对妇女讲几句话，并不强迫那位女士一定相信我这一套，而是愿意说出我的看法，也许可以作个参考。

我所要说的不是恋爱问题，因为我看恋爱问题是个最普遍而花哨的问题，写几本书也说不完全，不说一声也可以。我要说点更实际的切近的，不是什么主义，而是一点老实话。

恋爱是梦，最好的希望都在这个梦中。结婚以后，最好的希望像雪似的逐渐消积，梦也就醒过来，原来男女并不是一对天使，而是睁开眼得先顾油盐酱醋——两夫妇早晨煮鸡子吃，因为没有盐，很可以就此开打，而且可以打得很热闹。

谁能想到，当初一天发三封情书，到而今会为这么点小事而唱起武戏来呢？！可是人生原来如此，理想老和实际相距很远；事实的惊人常使一个理想者瞪眼茫然。婚前婚后是两个世界，隔着千山万水。男女在婚前都答应下彼此须能谅解，可是一到婚后非但不能谅解，而且越来越隔膜，甚至于吵闹打架。原因是在一个是男，一个是女，一切都不相同，怎能处处融洽。据我看，最大的毛病双方都是以我为中心，而另创起一个世界来；这个世界只有这对男女，与一些可喜的花鸟山水。事实上呢，这个世界也许在蜜月里存在数日，绝不能成本大套的往下延续。过了蜜月，我们还得回到这个老世界来。老世界里，男的有男的一段历史，女的有女的一段历史，并不能因为一结婚而把这段历史一刀两断，与以前的一切不相往来。打算彼此了解，就得在此留神：男女必须承认家庭而外，彼此还都有个社会。

在几十年前，男的打外，女的打内，女的几乎一点管不着男的，除非是特别有本事，说翻了便能和丈夫打一气的。近来，情形可就不同了：男的已知道必尊重女的，女子呢，也明白怎样依靠着男的。这本来是个好现象。可是家庭间的争吵与不安往往也就因为这个。我看见不止一次了，太太想尽力去争女权，把丈夫管得笔管一般直顺。哪知道这笔管一旦弯起来，才弯得奇怪！

现在的社会显然是个畸形的，虽然都吵嚷女权，可是女子实在没有得到什么。将来的社会，无疑的，是要平均的发展；一个人就是一个人，不管是男是女。不过，就是到了这个地步，我想男女恐怕是不能完全相同；性的变迁也许比别的都慢一些。用机器孵人已有人想到，倒还没人想使女子长胡子，男人生小孩；方法也许有，可是未免有点多此一举。那么，男女性既不易变，男的多少要比女的野一些，现在如是，将来也如是。真要是给男的都裹上小脚，老老实实的在家里看娃子，何不爽性变成女儿国，而必使男扮女装，抱着小脚哭一场？

所以，妇女们，你们必须知道男子不是个"家畜"，必须给他一些自由。自然，男子也不应当把女子看成家畜，是的；不过现在我们只说女子对男子所应有的了解，就不多说反面了。

我看见许多自居摩登的女子，以为非把男子用绳拴起像哈吧狗似的不足以表现自己的爱与摩登。他的朋友来了，桌上有果子他不敢随便让大家吃，唯恐太太不愿意。到了吃饭的时候，他得看太太的眼神才敢留友人吃饭，或是得到她的允许才能和大家出去吃小馆。朋友既不是瞎子，一回拘束，下次就不敢再来领教。这个，最教男子伤心。男子不能孤家寡人，他必须交友。对朋友，他喜欢大家不客气，桌上有果子拿起就吃，说吃饭大家站起就走。男子的粗野正是他的爽直。他不肯因陪太太而把朋友都冷淡了。家中虽有澡盆，及至朋友约去洗澡堂，他不肯拒绝。其余的事也是如此。就是不为个舒服，他也喜欢和男人们去洗澡看戏吃饭，因为男人在一处可以随便的说笑；有

239

女子参加，他们都感到拘束。这自然一半是因为以前男女没有交际，可以彼此大大方方的在一块儿无拘无束的作事或娱乐；可是一半也因为男女的天性不同。在小时候，男孩或女孩占多数的时候，不就可以听到："没有小子玩"或"不跟姑娘们玩"么？男子在婚前就有他的社会；婚后，这个社会还存在。一个朋友也许很不顺眼，可是他是男子的好友，你就不该慢待他。一个结了婚的男子总盼望好友太太敬重。这样，他才觉得好友与太太都能了解他，他便真能快乐。

我的一个好友住在天津，总是推门就进去；即使他没在家，他的太太也会给我预备好饭食与住处。后来，他的太太死去，他续了弦。我又因事到了天津，照旧推门进去。他在家呢。我约他去吃小馆，他看了看新太太——一位拿男人当家畜的女子。我告辞，他又看了看她，没留我。送我到门口，我看他眼中含着泪。第二天，他找到了我，拉着我的手，他说："你必能原谅我，我知道我不愿意和她翻脸！可是，这样，我也活不下去！什么事没有她，她立刻说我不爱她，变了心。我不愿吵架，我只好作个有妻子而没有朋友的人！"

据我的观察，这位太太实在不错。她的毛病是中了电影毒——爱的升华，绝岛艳迹，一口水要吞了他，两撮泥捏成一个……她相信这些，也实行这些，她自以为非常高明，十二分的摩登。我的朋友出门去，她只给他一块钱带着，为是教他手中无钱，早早回家。不久，我的朋友就死了。

我一点没有意思说她应当完全负杀死他的责任，不过在他临危的时候，他总是说想他的头一位太太。我也一点没有意思说，结过婚的男子应当野调无腔的，把太太放在家里不管，而自己任意的在外瞎胡闹。不是，我所要说的，是男女必须互相信任，互相承认在家庭之外，彼此还都有个社会；谁也不应当把谁作家畜。妇女是奴隶的时代已经过去了；电影片上，小说中，所形容的男哈吧狗，也过去了。即使以能当作哈吧狗为荣，为摩登的女子真能成功，充其极也不过有个哈吧狗男人而已。

原载一九三六年九月六日天津《益世报》

女　人

朱自清

　　白水是个老实人，又是个有趣的人。他能在谈天的时候，滔滔不绝地发出长篇大论。这回听勉子说，日本某杂志上有《女？》一文，是几个文人以"女"为题的桌话的纪录。他说："这倒有趣，我们何不也来一下？"我们说："你先来！"他搔了搔头发道："好！就是我先来，你们可别临阵脱逃才好。"我们知道他照例是开口不能自休的。果然，一番话费了这多时候，以致别人只有补充的工夫，没有自叙的余裕。那时我被指定为临时书记，曾将桌上所说，拉杂写下。现在整理出来，便是以下一文。因为十之八是白水的意见，便用了第一人称，作为他自述的模样。我想，白水大概不至于不承认吧？

老实说，我是个欢喜女人的人，从国民学校时代直到现在，我总一贯地欢喜着女人。虽然不曾受着什么"女难"，而女人的力量，我确是常常领略到的。女人就是磁石，我就是一块软铁。为了一个虚构的或实际的女人，呆呆地想了一两点钟，乃至想了一两个星期，真有不知肉味光景——这种事是屡屡有的。在路上走，远远的有女人来了，我的眼睛便像蜜蜂们嗅着花香一般，直攫过去。但是我很知足，普通的女人，大概看一两眼也就够了，至多再掉一回头。像我的一位同学那样，遇见了异性，就立正——向左或向右转，仔细用他那两只近视眼，从眼镜下面紧紧追出去半日，然后看不见，然后开步走——我是用不着的。我们地方有句土话说："乖子望一眼，呆子望到晚。"我大约总在"乖子"一边了。我到无论什么地方，第一总是用我的眼睛去寻找女人。在火车里，我必走遍几辆车去发现女人；在轮船里，我必走遍全船去发现女人。我若找不到女人时，我便逛游戏场去，赶庙会去——我大胆地加一句——参观女学校去，这些都是女人多的地方。于是我的眼睛更忙了！我拖着两只脚跟着她们走，往往直到疲倦为止。

我所追寻的女人是什么呢？我所发现的女人是什么呢？这是艺术的女人。从前人将女人比作花，比作鸟，比作羔羊。他们只是说，女人是自然手里创造出来的艺术，使人们欢喜赞叹——正如艺术的儿童是自然的创作，使人们欢喜赞叹一样。不独男人欢喜赞叹，女人也欢喜赞叹；而"妒"便是欢喜赞叹的另一面，正如"爱"是欢喜赞叹的一面一样。受欢喜赞叹的，又不独是女人，男人也有。"此柳风流可爱，似张绪当年"便是好例，而"美丰仪"一语，尤为"史不绝书"。但男人的艺术气氛，似乎总要少些。贾宝玉说得好：男人的骨头是泥做的，女人的骨头是水做的。这是天命呢？还是人事呢？我现在还不得而知，只觉得事实是如此罢了。——你看，目下学绘画的"人体习作"的时候，谁不用了女人做他的模特儿呢？这不是因为女人的曲线更为可爱么？我们说，自有历史以来，女人是比男人更其艺术的。这句话总该不会错吧？所以我说，艺术的女人。所谓艺术的女人，有三种意思：是女人中最为艺术的，是女人的艺术的一面，是我们以艺术的眼去看女人。我说女人比男人更其艺术的，是一般的说法；说女人中最为艺术的，是个别的说法。——而"艺术"一词，我用它的狭义，专指眼睛的艺术而言，与绘画、雕刻、跳舞同其范类。艺术的女人便是有着美好的颜色和轮廓和动作的女人,便是她的容貌、身材、姿态,使我们看了感到"自己圆满"的女人。这里有一块天然的界碑,我所说的只是处女、少妇、中年妇人,那些老太太们,为她们的年岁所侵蚀,已上了凋零与枯萎的路途,在这一件上,已是落伍者了。女人的圆满相,只是她的"人的诸相"之一。她可以有大才能,大智慧,大仁慈,大勇毅,大贞洁等等,但都无碍于这一相。诸相可以帮助这一相,使其更臻于充实;这一相也可帮助诸相,分其圆满于它们,有时更能遮盖它们的缺处。我们之看女人,若被她的圆满相所吸引,便会不顾自己,不顾她的一切,而只陶醉于其中;这个陶醉是刹那的,无关心的,而且在沉默之中的。

　　我们之看女人,是欢喜而绝不是恋爱。恋爱是全般的,欢喜是部分的。恋爱是整个"自我"与整个"自我"的融合,故坚深而久长;欢喜是"自我"间断片的融合,故轻浅而飘忽。这两者都是生命的趣味,生命的姿态。但恋爱是对人的,欢喜却兼人与物而言。——此外本还有"仁爱",便是"民胞物与"之怀;再进一步,"天地与我并生,万物与我为一",便是"神爱""大爱"了。这种无分物我的爱,非我所要论;但在此又须立一界碑,凡伟大庄严之象,无论属人属物,足以吸引人心者，必为这种爱；而优美艳丽的光景则始在"欢喜"的阈中。至于恋爱，以人格的吸引为骨子，有极强的占有性，又与二者不同。Y君以人与物平分恋爱与欢喜，以为"喜"仅属物，"爱"乃属人；若对人言"喜"，便是蔑视他的人格了。现在有许多人也以为将女人比花，比鸟，比羔羊，便是侮辱女人；赞颂女人的体态，也是侮辱女人。所以者何？便是蔑视她们的人格了！但我觉得我们若不能将"体态的美"排斥于人格之外，我们便要慢慢地说这句话！而美若是一种价值，人格若是建筑于价值的基石上，我们又何能排斥那"体态的美"呢？所以我以为只需将女人的艺术的一面作为艺术而鉴赏它，与鉴赏其他优美的自然一样；艺术与自然是"非人格"的，当然便说不上"蔑视"与否。在这样的立场上，将人比物，欢喜赞叹，自与因袭的玩弄的态度相差十万八千里，当可告无罪于天下。——只有将女人看作"玩物"，才真是蔑视呢，即使是在所谓的"恋爱"之中。艺术的女人，是的，艺术的女人！我们要用惊异的眼去看她，那是一种奇迹！

我之看女人，十六年于兹了，我发现了一件事，就是将女人作为艺术而鉴赏时，切不可使她知道，无论是生疏的，是较熟悉的。因为这要引起她性的自卫的羞耻心或他种嫌恶心，她的艺术味便要变稀薄了。而我们因她的羞耻或嫌恶而关心，也就不能静观自得了。所以我们只好秘密地鉴赏。艺术原来是秘密的呀，自然的创作原来是秘密的呀。但是我所欢喜的艺术的女人，究竟是怎样的呢？您得问了。让我告诉您：我见过西洋女人，日本女人，江南江北两个女人城内的女人，名闻浙东西的女人，但我的眼光究竟太狭了，我只见过不到半打的艺术的女人！而且其中只有一个西洋人，没有一个日本人！那西洋的处女是在Y城里一条僻巷的拐角上遇着的，惊鸿一瞥似的便过去了。其余有两个是在两次火车里遇着的，一个看了半天，一个看了两天，还有一个是在乡村里遇着的，足足看了三个月。——我以为艺术的女人第一是有她的温柔的空气，使人如听着箫管的悠扬，如嗅着玫瑰花的芬芳，如躺着在天鹅绒的厚毯上。她是如水的密，如烟的轻，笼罩着我们，我们怎能不欢喜赞叹呢？这是由她的动作而来的。她的一举步，一伸腰，一掠鬓，一转眼，一低头，乃至衣袂的微扬，裙幅的轻舞，都如蜜的流，风的微漾，我们怎能不欢喜赞叹呢？最可爱的是那软软的腰儿。从前人说临风的垂柳，《红楼梦》里说晴雯的"水蛇腰儿"，都是说腰肢的细软的。但我所欢喜的腰呀，简直和苏州的牛皮糖一样，使我满舌头的甜，满牙齿的软呀。腰是这般软了，手足自也有飘逸不凡之概。你瞧她的足胫多么丰满呢！从膝关节以下，渐渐地隆起，像新蒸的面包一样，后来又渐渐渐渐地缓下去了。这足胫上正罩着丝袜，淡青的？或者白的？拉得紧紧的，一些儿皱纹没有，更将那丰满的曲线显得丰满了；而那闪闪的鲜嫩的光，简直可以照出人的影子。你再往上瞧，她的两肩又多么停匀呢！像双生的小羊似的，又像两座玉峰似的，正是秋山那般瘦，秋水那般平呀。肩以上，便到了一般人讴歌颂赞所集的"面目"了。我最不能忘记的，是她那双鸽子般的眼睛，伶俐到像要立刻和人说话。在惺忪微倦的时候，尤其可喜，因为正像一对睡了的褐色小鸽子。和那润泽而微红的双颊，苹果般照耀着的，恰如曙色之与夕阳，巧妙相映衬着。再加上那覆额的，稠密而蓬松的发，像天空的乱云一般。点缀得更有情趣了。而她那甜蜜的微笑也是可爱的东西。微笑是半开的花朵，里面流溢着诗与画与无声的音乐。是的，我说的已多了，我不必将我所见的，一个人一个人分别说给你，我只将她们融合成一个 Sketch 给你看——这就是我的惊异的型，就是我所谓艺术的女子的型。但我的眼光究竟太狭了！我的眼光究竟太狭了！

在女人的聚会里，有时也有一种温柔的空气，但只是笼统的空气，没有详细的节目。所以这是要由远观而鉴赏的，与个别的看法不同；若近观时，那笼统的空气也许会消失了的。说起这艺术的"女人的聚会"，我却想着数年前的事了，云烟一般，好惹人怅惘的。在P城一个礼拜日的早晨，我到一所宏大的教堂里去做礼拜；听说那边女人多，我是礼拜女人去的。那教堂是男女分坐的。我去的时候，女座还空着，似乎颇遥遥的，我的遐想便去充满了每个空座里。忽然眼睛有些花了，在薄薄的香泽当中，一群白上衣，黑背心，黑裙子的女人，默默地，远远地走进来了。我现在不曾看见上帝，却看见了带着翼子的这些安琪儿了！另一回在傍晚的湖上，暮霭四合的时候，一只插着小红花的游艇里，坐着八九个雪白雪白的白衣的姑娘；湖风舞弄着她们的衣裳，便成一片浑然的白。我想她们是湖之女神，以游戏三昧，暂现色相于人间的呢！第三回在湖中的一座桥上，淡月微云之下，倚着十来个，也是姑娘，朦朦胧胧的与月一齐白着。在抖荡的歌喉里，我又遇着月姊儿的化身了！——这些是我所发现的又一型。

是的，艺术的女人，那是一种奇迹！

一九二五年二月十五日，白马湖。

不要组织家庭——贺竹英、静之同居

章衣萍

从远远的江南传来的消息，知道竹英和静之在黄鹤楼畔已实行同居了。竹英这次不远千里地从杭州跑到武昌，为了爱情而牺牲伊的学业，为了爱情而不顾家庭和朋友的非难，在这样只贪金银和虚荣的中国妇女社会里，在这样朝三暮四毫无主张的中国妇女社会里，竹英这种崇高的纯洁的精神是值得崇拜的。像这样特立独行的女子，可算不枉了少年诗人静之三年来的相思！

半年以来，我除了那不得不写的一个人的信外，旁的朋友的信一概都疏了，关于静之的近况，也就十分隔膜。但时时闻道路上的传言，说是竹英和静之的爱情已经淡薄。我虽然不曾写信给静之，然而我的心中是很替静之痛苦的，因为我是一个受过失恋痛苦的人，懂得失恋的难堪滋味。后来胡博士北返，在中央公园偶然闲谈，才知道竹英和静之的爱情还是像火一般的热。到那时，我已明白那不幸的消息全是幸灾乐祸的人们假造出来的。把旁人的流泪的事实来当作茶余酒后的笑谈，这原是残忍的人们的恶根性。在地球没有破灭以前，人们这种下流的恶根性也许不会有铲除的希望罢！

我这番知道竹英和静之同居了，自然是非常欢喜，但一方面也有点害怕。我曾亲眼看见，许多恋爱的青年男女，一到了同住以后，男的便摆起丈夫模样了，女的也"只得努力做一个好家婆"了，过了一两年生下了小孩，便什么爱情也消灭了，所谓以恋爱结合的男女，其结果竟同旧式婚姻一般，这是我非常痛心的！我希望，希望竹英和静之他们俩能够永远保持现在这样崇高的恋爱的精神。——中国的社会实在太沉闷了，整千整万的人们简直在一个模子里面生活，他们永远不会知道模子外还有世界。竹英和静之对于他们的旧家庭大概没有什么关系了，我更希望他们不要组织什么新家庭，我是根本反对什么家庭的，就这样亲亲切切地恋爱，就这样勤勤恳恳地工作，就这样浪漫地愉快地度过这几十年的有限人生，也尽可满足了。朋友们，这条浪漫的恋爱的自由道路上，你们俩如能携着手儿走去，你们不要嫌寂寞呵，看，看我和我的"天使"以及那无数的"亚当"和"夏娃"飘飘地飞到这条路上来！

我望着天上的自由的浮云，为黄鹤楼畔的一对朋友祝福！

一九二四，七，十六。